叶培峰 著

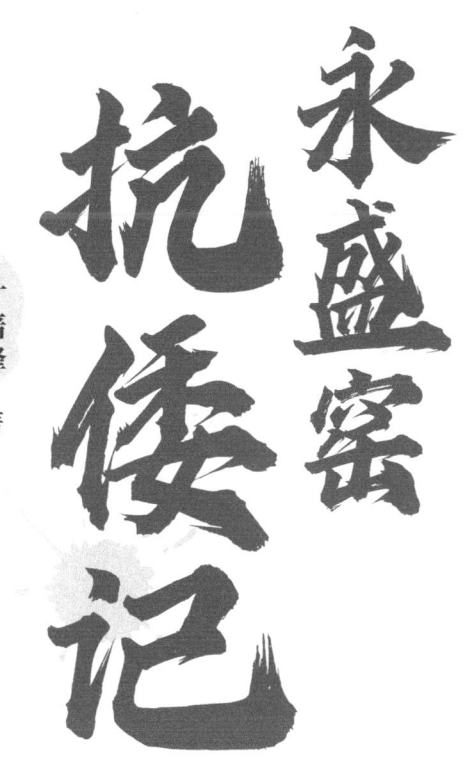
永盛窑抗倭记

U0525267

当代世界出版社
THE CONTEMPORARY WORLD PRESS

绽放瓯窑中的武侠文化、精神内核和家国情怀

——评长篇小说《永盛窑抗倭记》

润舟（知名评论家、作家）

我认识叶培峰先生，是在一次全国评论家的座谈交流会上，只知道他公开出版了几部评论集、随笔集和诗歌集，殊不知，他已然主攻起小说这个领域了。

《永盛窑抗倭记》是一部让我颇有感触的长篇小说，著作者叶培峰先生是近几年国内小说家群体中脱颖而出的一名中青年骨干，他的创作有一定的独特风格和思考力量，往往能在小说的故事情节和悬念设置中给人以突如其来、豁然开朗的体验。因此，他的小说是值得一看的。

可以说，《永盛窑抗倭记》是一部具有创新精神的长篇小说。纵观国内外出版发行的系列抗倭题材小说以及上映的影视剧、动漫等，主流就是戚继光抗倭、官军抗倭等作品，基本上是以官方军事力量为主力抗击倭寇、打打杀杀的故事，而《永盛窑抗倭记》打破了老套路，大胆抛弃老生常谈的创作思路，使小说中的抗倭主力变成了民间力量，也就是永盛窑中普普通通的窑匠们、闪电霹雳刀队，他们拧成一股绳，勇敢地抗击倭寇的侵袭，其精神可歌可泣，其行动力敌千军。他们在永盛窑中的工作是制作、烧制出一件件精

美的瓷器，并远销海内外，声名远扬；他们在日常生活中的喜怒哀乐，尤其是对美好稳定日子的向往以及对爱情的多彩憧憬，都散发着泥土般纯朴无华的气息；他们在抗击倭寇的场景中，转身就变成一个个顶天立地的浙东好汉和巾帼英雄，他们不畏霸权势力、不怕艰难险阻，机智灵活、抱团出击，把温州永嘉人"义利并举，敢为人先"的精神挥洒得酣畅淋漓。其中，窑匠群体中的戚飞侠这一主人公，文武双全、敢爱敢恨、古道热肠、英俊潇洒，他是永盛窑，也是各方窑厂的杰出代表人物，其身上生动地洋溢着儿女情长、侠肝义胆、家国情怀，被塑造得栩栩如生，让读者印象深刻。从以上各方面来综合分析、深度审视这部小说，可以说，这部小说在一定程度上填补了抗倭题材类小说民间力量唱主角的空白。

《永盛窑抗倭记》涉及武侠、爱情、军事、历史等题材元素，做到了武侠与爱情、历史与现实、瓯越文化与民族气节的有机融合，既尊重历史又大胆虚构，其中的故事情节或是窑匠们激烈抗击倭寇的场景，或是戚飞侠与几位女角的儿女情长，或是船队运送瓷器远销海内外、促进商贸交流的风景，或是人物在特定环境中精神内核的展现，这些是使小说既好看又有多层次的探索实践。比如，"这天午后，蔚蓝的天宇和蔚蓝的东海交相辉映，美丽的楠溪江上一派繁忙，舴艋舟、渔船、货船、护航快船来来往往，非常热闹。更加热闹的是温州港码头，大、中、小型船只云集，晶莹剔透的新款瓷器琳琅满目，被搬运工们小心翼翼地打包装运，抵达码头的载满香料、白银、珠宝原石的商船让人眼花缭乱，巴不得能拥有其中的几样。"再如，"晒坯区域。只见十多名姑娘家将加工成型后的湿坯摆放在木架上晾晒，这些姑娘家身材窈窕，看似文静，实则个个身手不凡，都是潘朵朵手下的女子霹雳刀队队员，她们干起活儿来是瓷器工人，一练刀法、一上战阵，就是巾帼不让须眉的铮铮铁骨。"

　　小说家像魔术师,变的是人间戏法。小说家有能力洞察人生百态,描述一切世事风云,他们把小说当成人类重要的事业来做,心无旁骛,孜孜以求。正因为如此追求,叶培峰先生这部小说的语言清新、生动、简洁,创作手法新颖,绝不拖泥带水,绝不为了长篇而凑足字数,这是他对读者的尊重和对小说创作的重视。比如,"永盛窑的一座龙窑被一发中型炮弹炸中,导致永盛窑内一片狼藉不堪,地上、屋顶满是碎瓷片和陶泥块,散落的瓷片似在风中哭泣,宛如受伤的蝴蝶。但是,永盛窑内的人马没有一个人惊慌失措,反而都拿起武器,准备给来袭的倭寇以致命一击。潘朵朵潜伏在戚飞侠身边,透过火铳射击孔观察着倭寇火铳队和倭刀队的行踪,身上大汗淋漓,早已湿透了单薄的衣装。"再如,"只见戚飞侠一声大喝,拔出的闪电霹雳刀砸飞了山本三郎的长刀。此外,戚飞侠闪电般一个南少林擒拿手,擒住了山本三郎。"此外,小说中人物的心理刻画或细腻如丝,或粗犷雄浑,比如,"永盛窑后山的银杏林一片金黄,是个谈情说爱的好地方。朱珠、潘朵朵和女子霹雳刀队一边在林中开展实战演练,一边在闲暇休息时间欣赏美景。潘朵朵看着朱珠拿着两片漂亮雅致的银杏叶在摆弄、发呆,心里涌起了千般滋味。潘朵朵想,朱珠手中的两片银杏叶,一片是朱珠,另一片是戚飞侠,而她潘朵朵则像一片游云,不知道此生在何处安身。"另外,各个故事片段之间的衔接水到渠成而不留刻意雕琢的痕迹,比如,"'青熊'的一对三角眼往猛虎厅里的几名亲信瞄了瞄,同时他来到了气喘吁吁的'黑佬'身边。众人还没有反应过来,只见'黑佬'瘫软在地,像一团烂泥巴。猛虎厅内乱成一团,像是一只大染缸。'青熊'手持倭刀,叫嚣道:'戚飞侠暗箭射杀了大头领,我们要血债血还!'不明真相的海盗们有的拿起火铳,有的拉满弓弩,有的拔出倭刀,像一群跳蚤围了上来。"再如,"剩余的三名翼装倭寇在桃花观三楼围攻戚飞侠,挥舞着一长一短两把锋利的倭刀,风火轮般袭击戚飞侠,可叹他们哪里是锦衣卫高手戚飞侠的对手,很快就在绣春刀的锋芒中一一倒下,宛如秋天里被弯月样美丽的镰刀割倒的麦子。整个弓弩阵地弥漫着一片血腥味。"

乡愁是最让人,尤其是让游子们牵肠挂肚的。值得肯定的是,整部小说的字里行间蕴含着温州元素和文化标识,例如楠溪江、瓯江、江心屿、舴艋舟、瓯窑、永嘉学派精神、温州名小吃等等,能起到对外扩大温州区域知名度、文化影响力的作用。其中的抒情笔调让人心旷神怡,比如,"楠溪江,楠溪江,过往的竹筏和水花,一半拨开光阴,另一半徜徉在永昆唱腔深处,笼罩烟雨撒落的晨昏和四季。晚钟声悠悠,玲珑河山秀。传统和现代,总能和春天一起明亮,和秋天一起摇曳,和夏天一起热恋,和冬天一起缠绵。在江面开阔处呈现繁花似锦,在流水悠然处倒影佳人笑靥。"再如,"桂花糕是温州特产,正所谓飘香十里桂花糕,一口咬下去软糯香甜,让人唇齿留香,总能勾起满满的乡愁。朱珠一边熟练地制作桂花糕,一边不由地想念起了北京路旁的温州街。"

当然,整部长篇小说的某些章节一定程度上还存在瑕疵,写得比较勉强,火候有些操之过急,亟待向气定神闲、从容讲故事靠近。

最后,期待叶培峰先生能在公务繁忙之余,坚持举高小说创作的星光,进一步远离酒局饭局,挤出一点点金贵的时间,创作出更多接地气的小说佳作。

故事梗概

　　明朝九品御用瓷匠朱仙镇为温州人、皇家官窑著名师傅，尤其擅长青釉点彩盘口壶制作，在京师闻名遐迩。朱仙镇告老还乡后，耐不住寂寞，便在瓯江北岸的楠溪村选址，创办了永盛窑，规模在浙江可谓首屈一指，影响力直逼皇家官窑。

　　朱仙镇有一子一女，其子朱篇担任宫廷六品带刀侍卫，其女朱珠传承了青釉点彩盘口壶制作绝活，陪伴朱仙镇撑起了永盛窑的门面。

　　朱珠与永嘉县桥下武秀才戚飞侠一见钟情。戚飞侠出身商贾世家，其父兄皆为浙商知名人士，家道兴盛，富有家乡情怀。戚飞侠学得一身闪电霹雳刀法，曾与朱篇在京城刀法交流大会上比试过，不分伯仲。

　　明朝倭寇海盗成患，朱仙镇、朱珠特地聘请戚飞侠担任永盛窑护窑总镖头，专门在码头负责监管运货、卸货与瓷器海上护航工作。由于海盗中不乏久经战阵的刀客，因此，戚飞侠从家乡戚家村招募了30名有一定武术功底的精壮汉子到永盛窑工作，司职瓷器搬运和练功护窑，其间，还在窑匠中精选20人，闲余时间集中教授训练闪电霹雳刀法实战套路"一路刀"共16招。窑匠中唯一的一名女工潘朵朵，暗中爱慕戚飞侠，后与朱珠结为姐妹关系。

　　在倭寇海盗的袭扰之下，沿海地区的青花窑、吉祥窑，甚至景德镇官窑等大小瓷窑被迫关门避难。唯独永盛窑在风雨袭击中顽强挺立，声名鹊起，一般海盗不敢袭扰永盛窑。这件事传到了京城，工部点名每年征用3000只青釉点彩盘口壶为皇宫上下专用品，使得永盛窑更为昌盛，迎来发展高峰期，尤其是戚飞侠和闪电霹雳刀队引起了兵部和浙江巡抚的关注，专门划拨了50 000两银子改善戚飞侠闪电霹雳刀队武器装备。

在一次出海送货途中，朱珠乘坐的货船被一帮海盗劫走到了东海的钓鱼岛，戚飞侠连夜带领闪电霹雳刀队乘坐"飞鹰"号快船，顺风前往钓鱼岛救回朱珠，戚飞侠的霹雳刀法在单挑中让海盗头子松本一郎心服口服。

群峰岛上的海盗女首领"海上花"貌美如花、刀法凌厉、水上功夫了得，屡次袭扰抢劫船队不成，对戚飞侠又爱又恨，后在戚飞侠的道义感化之下解散了海盗，并做起了瓷器生意。在一次大风浪翻船事故中，关键时刻拉了戚飞侠一把。

倭寇祸害极大，明朝廷忍无可忍，派遣戚继光、俞大猷等到东南沿海专事剿除倭寇。戚家军名闻天下，在永昌堡保卫战中，戚飞侠的闪电霹雳刀队在关键时刻助了一臂之力，引起倭寇疯狂报复。在一个狂风暴雨之夜，倭寇900人围攻永盛窑，闪电霹雳刀队50人与窑工181人拿起武器，拼力死战，朱仙镇为"海上花"挡了暗处的致命一枪，临终前吩咐把永盛窑交托戚飞侠和朱珠，并嘱咐二人要经营好永盛窑，为当地多做善事。历经血战，戚飞侠最终还是战胜了倭寇。

倭寇剿灭后，浙江巡抚荐举戚飞侠为温州从七品武官，主司管辖、护航浙江所有瓷窑生产、运营。戚飞侠由于文武兼备，业绩突出，而后担任温州府都督。

戚飞侠为浙江对外贸易、文化交流做出了杰出贡献，温州城成为主要外贸港口城市。

绽放瓯窑中的武侠文化、精神内核和家国情怀——评长篇小说《永盛窑抗倭记》

故事梗概

第一章　京城瓷器梦 — 001

第二章　温州城闲庭信步 — 005

第三章　永盛窑诞生记 — 008

第四章　招兵买马 — 016

第五章　一枝独秀 — 021

第六章　朱珠被劫 — 021

第七章　"飞鹰"号出击 — 027

第八章　激战钓鱼岛 — 037

第九章　海上危情 — 043

第十章　"海上花"绽放 — 051

第十一章　儿女情长　— 056

第十二章　永昌堡保卫战　— 059

第十三章　黑火药和瓷器展　— 067

第十四章　血战永盛窑　— 072

第十五章　朔门港谍战　— 090

第十六章　崛　起　— 107

外传·如梦如幻

如梦如幻之一　— 110

如梦如幻之二　— 112

如梦如幻之三　— 114

如梦如幻之四　— 121

后记　— 129

第一章 京城瓷器梦

北京城里，朱仙镇是吃瓷器饭的，一招绝技打天下。

朱仙镇一副大嗓门，常说道："干任何一行，要想出类拔萃，多少需要那么一丢丢的天赋。"朱仙镇中等身材，但臂长接近六尺，远远超过常人，在京城瓷器界得雅号"长臂朱"，这是他相貌的最大特点，也是他吃瓷器饭的天生优势。可以说，朱仙镇极具瓷器发明创造的天赋，他发明的斗彩鸡缸杯青瓷裂变系列在京城无人不晓。斗彩鸡缸杯刚烧出第一窑十二件的时候，在当时是个爆炸性的新闻，整个京城的达官贵人趋之若鹜，都想拥有那么一件宝贝儿。朱仙镇自此从瓷器匠步入了瓷官仕途，斗彩鸡缸杯便是他的起家发明。

朱仙镇发明设计的斗彩鸡缸杯高3.4厘米，口径8.3厘米，足径4.3厘米。杯敞口微撇，口下渐敛，平底，卧足。杯体小巧，轮廓柔韧，直中隐曲，曲中显直，呈现出端庄婉丽、清雅隽秀的风韵。杯外壁饰子母鸡两群，间以湖石、牡丹、月季与幽兰，一派初春景象。足底边一周无釉。底心青花双方栏内楷书"大明嘉靖年制"双行六字款。画面设色有釉下青花及釉上鲜红、叶绿、水绿、鹅黄、姜黄、黑等彩，运用填彩、覆彩、染彩、点彩等技法，以青花勾线并平染湖石，以鲜红覆花朵，水绿覆叶片，鹅黄、姜黄填涂小鸡，又以红彩点鸡冠和羽翅，绿彩染坡地。施彩于浓淡之间，素雅、鲜丽兼而有之，收五代画师黄荃花鸟画的敷色之妙。整个画面水乳交融，浑然天成，妙趣横生。

朱仙镇从一介土里土气的瓷器匠摸爬滚打到了皇家九品御用瓷官，的确有一种鹤立鸡群的豪情。在多如蝼蚁的瓷器匠中脱颖而出，成为瓷器大师，外加官身，可不是一件简单的事情。朱仙镇祖籍温州。温州是百工之乡，四季温和，商贾之风盛行，这儿的肥沃土壤诞生、崛起了"永嘉学派""永嘉四灵""永嘉医派""永嘉画派""南派武术"。一句话概括就是：山清水秀，地杰人灵。朱仙镇浑身洋溢着温州人的精明与敢为人先精神，在大明都城北京混得有模有样。

朱仙镇每年俸禄为官银200两，足够吃喝玩乐，说白了，就是天天可以大块肉，大口喝酒，还可以到京城八大胡同放浪形骸。朱仙镇贪酒不贪色，也不贪财，每当朱仙镇在八大胡同把酒言欢之际，总是会念叨起温州城的老酒汗，那种酒味中的香醇隐藏着几分绵辣，深饮一口便可使浑身有劲暖和，尤其是在寒冬腊月里，温州老酒汗简直比人参鹿茸还能滋养人生。一方水土养育一方人，因为来自温州，朱仙镇依然保持着勤俭节约的家风，一有空闲就是研究各地的知名瓷器，乐此不疲，像个老顽童。

明朝嘉靖二十九年，朱仙镇升迁为九品御用瓷官。虽说九品比七品芝麻官还"芝麻"，可这是个肥缺，众多瓷匠都羡慕不已。由此，朱仙镇便掌管京城大小三只官窑，手下有600余人马。然而，真是人怕出名猪怕壮，朱仙镇补上这个九品肥缺引起了瓷官陈大春的嫉恨，陈大春恨朱仙镇在九品御用瓷官的竞争中赢了他。陈大春有一定的宦官背景，其祖上有人曾做过从五品太监，因此大张旗鼓地状告朱仙镇的妻子苗艳秋隐名埋姓，实际上是前朝铁木真的族人，是个蒙古人，留在京城是个祸患。

朱仙镇知道，嘉靖皇帝从来都不是一个好说话的主儿，那些劝谏他的大臣杀的杀、死的死、贬的贬、关的关。当然他还提拔了一大批官员，主要是看着顺眼，用着放心。朱仙镇不敢想象，如果他的内人苗艳秋是个蒙古人这件事儿被证实，那么他一家子将沦落到何种地步。

连续几天，朱仙镇坐卧不安，茶饭不思，满脸的忧郁，像是被秋风横扫过的茄子，无精打采。

苗艳秋很爱朱仙镇，她为了不连累朱仙镇，便强忍内心的疼痛对朱仙镇说："夫君，看来你我夫妻情缘已尽。朱篇和朱珠就劳你管教成材了，我要浪迹天涯去了，请你多多珍重。如果老天有眼，你我会有相见之日的！"苗艳秋话音刚落，便似离弦之箭，说走就走，转眼间消失在茫茫夜色之中。朱仙镇悲伤地连续三天滴水不沾，内心万念俱灰，整个人瘦了一圈。第四天，他梦见了苗艳秋责怪他道："夫君，好男儿不怕天不怕地，你要珍重身体，培育好朱篇与朱珠啊，不然，我会恨你一辈子！"

朱仙镇变得更加坚强，像是山林中的荆棘，风风雨雨奈何不了。在没有苗艳秋陪伴的日子里，朱仙镇感悟出了许多的人生道理，经常讲给朱篇和朱珠听，诸如不要再为一点儿小事儿伤心动怒，也不要再为一些小人愤愤不平；摆脱你所厌恶的人或事的最好方法，莫过于你努力跳出那个令你疲惫的圈子；所谓的好日子，不过吃好睡好，所爱之人全部安好；等等。

嘉靖三十七年秋天，朱仙镇告老还乡，马蹄声"哒哒哒"一路向南，沿路扬起的尘土像是他漫天飞舞的往事回忆。按理说，朱仙镇还没有到辞官的年龄，而且这个九品肥缺许多人都是想尽一切办法要多干一天，像他这样提前告退的少之又少。

朱仙镇对马车里的朱珠说："当年，爹是从温州城北门出发，一半路程坐牛车，一半路程坐木船到达北京城的，在城里遇见了你娘亲，一见钟情，就有了你跟你哥朱篇。"陷入沉思的朱珠掀开马车右边小窗户的玫瑰红布帘，看着远处的山川，眼里含着泪水说道："爹爹，我想娘了。娘这么多年，到底去哪里了啊？"朱仙镇沉默不语，他的心里翻滚起千层浪涛，对于苗艳秋，真是太想念、太想念，这次他告老还乡，心中最大的希望便是能在回乡沿线打听到苗艳秋的音信，能与她相遇相见，一起在温暖如春的温州城度个幸福如花的晚年。

朱仙镇知道，苗艳秋确实是个蒙古女子，属于铁木真族氏。"苗艳秋"是她的江湖姓名，身材高大挺秀的她容貌端庄，古道热肠，大大咧咧，蒙古刀法了得，而且精通汉语，是个奇女子。自从苗艳秋离开朱仙镇后，这么多年来一直杳无音信，朱仙镇苦于官差和屡屡被告状有一个蒙古族夫人，而为人处世特别的谨小慎微，为了培养两个子女出人头地，他只好死死压抑住自己对苗艳秋的思念。如今，老天有眼，天道酬勤，其子朱篇玉树临风，干事老练，已担任宫廷六品带刀侍卫，其女朱珠亭亭玉立，温婉懂事，传承了斗彩鸡缸杯绝活。

在苗艳秋离开朱仙镇的这么多年来，也屡屡有江湖朋友、瓷器商人偷偷告诉朱仙镇——每年春季，在东南亚、波斯湾沿海城市偶尔会出现一名瓷器商、女侠客，有点儿像苗艳秋，其行踪飘忽不定、来去匆匆。

朱仙镇只能与苗艳秋在梦里相见，很酸楚的梦。

第二章 温州城闲庭信步

朱仙镇告老还乡后，住在朱家大院老宅的东厢房里。朱珠的闺房设在二楼的阁楼，打开花窗就可看见美丽的塘河，以及塘河上的浮萍与水鸭、白鹅。朱家大院坐北朝南，占地约600平方米，两层的木质房屋结构，采光很好，冬暖夏凉，前有温瑞塘河，后有玉屏山，是个风水宝地。院子周边的几条小径里的牵牛花在年年生生不息地开放，生命力很是顽强。

院子里的两棵桂花树是朱仙镇少年时亲手栽种的，一棵是金桂，另一棵是银桂，如今比两层的木质房屋还要高出两尺。金秋时节，一进院子，扑鼻而来的是沁人心脾的桂花清香，映入眼帘的是一树的黄澄澄与一树的银灿灿，让人心旷神怡，把酒临风，其喜洋洋者矣。还有一株硕大的柿子树，每年秋天柿子红了，满树的"红灯笼"引来喜鹊在树枝头叽叽喳喳叫个不停，从晨曦欢闹到晚霞涂满了天边。居住在如此宽敞明亮的院子里，简直是神仙的生活。但是，朱仙镇总是每晚很迟入睡，不是不想睡而是难以入眠，他的心里满是苗艳秋的身影。但他喜欢做梦，期待梦见自己打开院子的大门，就看见苗艳秋笑盈盈地站在他的面前。

朱仙镇每天晨起快走，白天在整座温州城闲逛，晚上偶尔与几位老友、年少时候的伙伴聊聊天，喝喝老酒，吃吃海鲜。刚回老家的两个半月里，与朱仙镇频繁接触的是名震浙东的老刀客、资深镖师汪一下。汪一下原名汪东方，改名汪一下的寓意是"谁也不要抢我的镖,否则就给你来一下,一刀封喉"。汪一下在常年的护镖实战生涯中磨砺出了一身硬功夫,走南闯北,见多识广,曾教给朱篇一路拿手刀法"八风刀",算是朱篇的师傅。

深秋季节的一个晚上,两位老友又聚在朱家大院的茶室里念叨起家长里短,以及温州城的逸事。汪一下说:"朱老哥,你那身瓷器绝活儿这么早就歇着了,太可惜了。"朱仙镇喝了口农家烧,叹了口气,说道:"汪老弟,不瞒你说,我提前告老隐退的目的就是要在这座院子里静候苗艳秋归来,唉,有生之年不知道能不能再相见啊。我目前真的没有心思去搞瓷器了。"汪一下静默了一会儿,说:"我理解老哥的苦衷,假如你什么时候玩儿瓷器绝活儿的兴致又起来了,就招呼我为你护窑护镖啊。"瓯江上空的月华徐徐地绽放着美丽的光晕,他们俩一直喝酒喝到了鸡鸣三更才歇息。

温州府的知府听闻朱仙镇从京城回到了老家,便登门拜访,盛情邀请朱仙镇出任温州府白鹿官窑的首席顾问,被朱仙镇婉拒了。浙江的几家实力派瓷窑也纷纷抬着聘礼到朱家大院,聘请朱仙镇担任首席顾问或瓷器总监,都被朱仙镇一口拒绝了。

朱仙镇的斗彩鸡缸杯绝活儿闻名遐迩,朱珠的美貌也吊起了温州海域几伙海盗的胃口。不过,海盗们深入打听到朱仙镇的公子朱篇在京城谋事,更何况是宫廷六品带刀侍卫,就暂时打消了邪念,只能默默把口水往肚子里吞。

这一年里,朱仙镇除了酒后偶尔向老友汪一下讲述自己的京城经历外,对于其他人是只字不提,特别是与瓷器相关的点点滴滴,更是绝口不提。他熟悉江湖与官场的规矩,其实江湖与官场从来就不会是井水不犯河水的,可以这么说,有时候官场也是江湖,水深水浅都是江湖,有江湖便有风浪,有江湖便有恩仇,有江湖便有是非曲直,他深信沉默是金,沉默能给人带来一生的平安。

每当想念起苗艳秋,他就发疯般绕着温州城的护城河慢走或者快跑,以此淡化一下相思愁的浓度,而不至于在无尽的思念中窒息。每当江风在他耳畔掠过,或是一大群海鸥从远天飞翔而来,朱仙镇便抚摸着古老的城砖回首往事。可是,有的往事原本就是不堪回首的。

第三章
永盛窑诞生记

就这样，朱仙镇在朱珠的陪伴下渡过了风平浪静的一年。

一盏茶的工夫，又到了嘉靖三十八年秋天，院子里的金桂和银桂又争相媲美，绽放出生命的璀璨与多姿，宛如一对相濡以沫的情侣。

那年中秋节的前一天，朱仙镇倚坐在院子东南角的一张藤椅上，看着两棵桂花树发呆。朱珠从小阁楼上下来，悄悄为朱仙镇披上了一件秋装，转而拿着一个小竹篓，到桂花树下捡拾被风吹落的新鲜桂花。桂花兼有观赏和药用价值，风味独特，一般都会制作成桂花蜜或者是桂花茶，香气扑鼻非常惹人喜爱，她要为远在京城为官的哥哥朱篇亲手制作几盒子的桂花糕。桂花糕是温州特产，正所谓飘香十里桂花糕，一口咬下去软糯香甜，让人唇齿留香，总能勾起满满的乡愁。桂花糕外表晶莹剔透，独特的香味非常让人难以忘却。朱珠一边熟练地制作桂花糕，一边不由地想念起了北京路旁的温州街，哎呀，那可是一条闻名遐迩的美食街，沿街三百多间店面的特色温州小吃集聚而起，形成了"温州小吃一条街"，包括小南门的馄饨、双溪街的水煮牛肉、信和街的柴排饭和牛骨汤、舴艋街的牡蛎生拌、纱帽河的锅贴、康乐坊的灯盏糕、环城路的西施豆腐脑和冰糖葫芦、红枫路的鸭舌、水心巷的芙蓉年糕、新桥弄的醉虾、望江路的葱油爆炒螺蛳、藤桥街的熏鸡、轻纺街的猪油渣，等等。

第三章　永盛窑诞生记

近日，朱珠听说哥哥朱篇有了意中人，心里很是欢欣，因为她要有嫂子啦！

"朱珠，你过来下，跟你商量件事。"朱仙镇对朱珠唤道。

朱珠靠在朱仙镇的藤椅边上，她很想知道父亲说的事情。也许是哥哥朱篇的婚姻大事呗，朱珠在心里乐开了花，脸上便洋溢出调皮的神色。

"阿珠，爹太想念你娘了，听说有人在东南亚、波斯湾那些遥远地方的城市看到过一个很像你娘的女瓷器商人。"朱珠插话道："那我陪您去哪儿找吧，我也很想念娘了。"朱珠的眼角湿润了。

朱仙镇用手疼爱地抚摸着朱珠的刘海，说道："为了方便找到你娘，爹准备重出江湖，在温州府选址办个瓷窑，这样就可以瓷器为信物，尽快追寻到你娘的踪影。还有，你哥朱篇的意中人是个京城大户人家的千金，订婚、结婚都是一笔很大的开销，而你哥生性倔强、两袖清风，广交江湖朋友，从来就没多少金银积蓄，爹想通过售卖瓷器赚些银两为你哥减轻负担，为你将来的出嫁准备嫁妆。"

朱珠故意撅起了嘴巴，说："我可不想这么早就出嫁，我只想陪在爹身旁。"

为了在温州城办起瓷窑，朱仙镇风风火火地走了很多地方，最后把目光聚焦在了永嘉县，然后乘坐舴艋舟在永嘉县的楠溪江流域又马不停蹄的实地勘察了两个星期，终于下定决心准备在瓯江北岸的楠溪村东南方向选址办瓷窑。只因楠溪江流域实在让朱仙镇流连忘返。

楠溪江，是岁月如歌的标识，是万种迷人的抒情，是从小令溢出的桨声，是白云飘渺的桃花源，是两头尖尖舴艋舟上的千年渔歌，是晨曦静谧滩林上的芦花香。

楠溪江，楠溪江，过往的竹筏和水花，一半拨开光阴，另一半徜徉在永昆唱腔深处，笼罩烟雨撒落的晨昏和四季。晚钟声悠悠，玲珑河山秀。传统和现代，总能和春天一起明亮，和秋天一起摇曳，和夏天一起热恋，和冬天一起缠绵。在江面开阔处呈现繁花似锦，在流水悠然处倒影佳人笑靥。

朱仙镇耐不住寂寞，要办瓷窑的消息不胫而走，温州城官吏、百姓互相传告。其中，有官吏、富商、大户人家想乘机投资或者占有一席之地。朱仙镇的名字那可是一块响当当的金字招牌啊，一想起斗彩鸡缸杯来，这些人便口水直流，眼睛发绿；有青年瓷器匠，渴望把握机遇拜师学艺，成为瓷器大师；有普通百姓，想凭借强壮的体魄与不怕苦累的素质，到瓷窑干点儿搬运、烧火之类的粗活儿，挣点儿工钱养家糊口；有跑江湖的刀客、弓箭手、马夫、船工、水手，想挂靠朱仙镇的瓷窑，乘势打出个天地；有久经商场的瓷器商人，想和朱仙镇合作商谈，最好是做个独家生意；有暗中打算盘企图趁火打劫，收取一笔保护费的；有海盗团伙妄想抢劫发财的；等等。这些，都是朱仙镇预料之中的事情，朱仙镇闻之只是淡然一笑。

朱仙镇把新开办的瓷窑取名为"永盛"，寓意永远昌盛。

朱仙镇挑了个黄道吉日，把创办永盛窑招聘各路人马的布告贴满了温州城五马街、状元路等热闹地方，迅速得到各方响应。

朱仙镇预料之外的事情也有，那就是永嘉县桥下村青年才俊戚飞侠第一个来朱家大院里应聘护窑总镖头。当时，明朝很多瓷器、茶叶、丝绸要从温州港、宁波港等港口装货上船，经过海上丝绸之路运输到东南亚、波斯湾等地，通过贸易交换，换取异国他乡的玛瑙、香料、咖啡等物件。虽说当时大明国力依然强盛，但海盗屡见不鲜，因此，护窑行业应运而生，各地镖局风生水起，很是吃香。

武秀才戚飞侠出身商贾世家，其父兄皆为浙商知名人士，富有家乡情怀，家道兴盛。而戚飞侠所在的桥下村，走出了一群戚家军。明朝嘉靖年间，桥下戚氏男丁壮士200余人到义乌参军，追随戚继光出生入死，是为戚家军精英，自此以后，桥下戚氏男丁踊跃参加，世代相传……在倭寇猖狂的时期，戚家军带来的不仅是一支军队，还有各种医药技术，多种"戚氏药酒"可外用内服，历来久负盛名。

戚飞侠学得一身闪电霹雳刀法，曾与朱篇在京城刀法交流大会上比试过刀法，不分伯仲，两人还以武结义结为兄弟。

在去应聘的路上，戚飞侠健步如飞，脑海中闪现出京城刀法交流大会的一些片段，其中与同乡朱篇比试刀法的印象特别深刻。戚飞侠比朱篇小五岁，比朱珠要大一岁。

遥想当年，京城刀法比武台上，群雄云集，经过五天五夜的激烈角逐，戚飞侠和朱篇在16强淘汰赛中狭路相逢。按照规定，点到为止，避免伤亡，两人都披上了甲衣，且刀口都没开锋。戚飞侠一扬刀就使出了闪电霹雳刀法中的"八锋刀法"，招招朴实无华，却刀刀惊心，台下的人只看到刀光闪闪、人影飞动，叹为观止。"八锋刀法"刀诀共八句，一句一刀："迎面大劈破锋刀，掉手横挥使拦腰。顺风势成扫秋叶，横扫千军敌难逃。跨步挑撩似雷奔，连环提柳下斜削。左右防护凭快取，移步换型突刺刀。""八锋刀法"是典型的双手刀法，融会了春秋战国、唐刀、宋刀、元刀等古代刀法的技法精华，包括埋头刀、拦腰刀、斜削刀、漫头硬舞等技法，动作简捷精炼，大劈大砍，迅猛剽悍，具有明显的军旅实用特点，与以花法为主的表演武术有质的区别。

朱篇却毫不畏惧，只见他一个蜻蜓点水，跳上了比武台，所持的是一柄八卦刀，刀法学自八卦刀第六代掌门人孙起凤，使的是"游龙八卦刀法"，人刀合一，刀法华丽中杀机四起。

戚飞侠与朱篇刚一交锋，台下便鸦雀无声，人人屏住呼吸，看得惊心动魄。两人闪电般交手16招，不相上下。忽然，朱篇改变了刀法，使出了老镖师汪一下师傅传授的一路"八风刀"，竟然与戚飞侠的"八锋刀法"如出一辙，引得惜才爱才的刀法交流大会总裁判杜成功大声喝彩，并立马宣布两人为平手。

英雄惜英雄，真个是不打不相识，戚飞侠与朱篇酒过三巡后，结为拜把子兄弟。

戚飞侠在京城刀法交流会上，一举成名，第二年春天便直接被荐举为武秀才。

此次，戚飞侠来应聘的原因有三：一是慕名而来，朱仙镇的名气很大，阅历很深，能拜其名下，将会受益匪浅；二是海盗日渐猖獗，他想在实战中体验海盗刀法的优劣；三是身在朝廷谋事的朱篇放心不下父亲与妹妹，早已修书一封给戚飞侠，托付戚飞侠关键时刻照顾好朱仙镇和朱珠。

朱家大院里，一片人声鼎沸，六张八仙桌上摆放着炒花生、瓜子、桂花糕、金桔和茶水，宛如过年一般的热闹。前来应聘者如云，朱仙镇、汪一刀、朱珠，以及几名族人忙前忙后地招呼来人，拱手、握手、寒暄，看来创办永盛窑这棋没有下错。

朱仙镇花了六天的时间，花费白银1200两打点官府和购置楠溪村东南角占地12 300平方米的地皮。这块地皮是建造瓷窑的黄金位置，恰好处在凤凰山脚，附近水路、陆路交通便利。山上树木参天、荆棘丛生，便于就地取硬木烧炭。

让朱仙镇惊喜的是窑址所在位置的半山坡上有一大片漂亮的银杏林，那是一幅由831棵银杏组成的风景画。朱仙镇在这片银杏林中气定神闲地散步，他想起了在京城什刹海边住过的那条胡同。每年金秋时节落满遍地金黄的银杏树叶，一阵风过，旋飞的银杏树叶像翩翩起舞的黄色蝴蝶。他与苗艳秋喜欢牵着手在那儿闲逛,每当夜晚来临,河灯点亮,只见湖心的黑夜,却不见摇晃的碎月,船上飘来熟悉的音乐,回忆在遥远的古琴上跳跃。此刻,朱仙镇忽然想起苗艳秋的样子,苗艳秋说爱他的时候眼中的涟漪。

更可贵的是,朱仙镇凭借老经验亲自勘查到了凤凰山的山坡与山脚均拥有高品质的陶泥,足够支撑窑场开采几十年。

朱仙镇颇具远见和忧患意识,他充分考虑到近年来时有小股海盗在沿海地区抢掠,规划设计在永盛窑的周围建起高五米的厚实石头外墙,以及高三米的青砖内墙,并且在东、西、南、北四个角落各开辟了50个火铳射击口和射箭小窗。看来,朱仙镇还有一定的军事才能。其实,这都是公子朱篙请兵部兵马司的一位同窗好友设计的,并派遣一名手下骑着一匹骏马,连夜快马加鞭送达给朱仙镇的。

朱仙镇花了个把月的时间,在朱珠等人的协助下,挑选了20名石匠、10名木匠、20名泥水匠、10名油漆匠、10名船工,以及150名搬运工、5名厨子、8名伙夫,带上工具、装备、粮草,整装出发抵达瓯江北岸的楠溪村东南角,祭土开工,按部就班,日夜兼程,只用了7个多月的时间便建起了一座漂亮雄伟的永盛窑。

朱仙镇只花了半天时间,就选定了戚飞侠担任永盛窑护窑总镖头。前来应聘的20多名刀客、剑客听闻武秀才戚飞侠在此,大多拱手相让,知趣告退,其余3名不知天高地厚的执意要切磋一下,都在一招之内败在戚飞侠手下,个个心服口服。汪一下也对戚飞侠刮目相看,对朱仙镇使了个选定戚飞侠的眼色。

朱仙镇意气风发,一夜之间感觉自己年轻了许多,好像重回风华正茂的年代。他招收了20名瓷匠、80名有一定基础的瓷窑工人。同时,还在负责建造永盛窑的那帮人马中,精选了60名责任心强、有一技之长的工匠。这样，合计160人的永盛窑班底组成了。朱仙镇自任窑长，负责瓷窑生产、销售等重要环节，朱珠负责内务管理。

当第一窑的小青花斗彩鸡缸杯出炉时，永盛窑的名声就打开了，规模在浙江首屈一指，影响力直逼皇家官窑。

初战告捷，朱仙镇很满意，给工匠们、搬运工们各奖励碎银一两，大家的创业热情简直比熊熊燃烧的炉火还旺盛。

朱仙镇决定每周要开个简短的集会，起到总结交流经验、凝聚人心的作用。第一次集会上，朱仙镇拉开大嗓门，对大家说："诸位父老乡亲，诸位师傅，大家辛苦了！非常感谢各位的鼎力支持和付出，使得永盛窑旗开得胜！永盛窑是大家的永盛窑，这是我们共同的大家庭。希望诸位团结一心，精益求精，合力把永盛窑办成浙江乃至整个大明朝的第一流水平的瓷窑。"台下掌声如雷，宛如浪花儿绽放。

明朝嘉靖年间，与江心两塔并称温州沿海三大古代灯塔的，还有温州城区的净光塔和乐清东塔，当时一到晚上，"航标闪耀，塔灯荧煌"，为海泊的船只进入港口指示航向，保障安全航行。

温州自古以来就是海上丝绸之路的重要节点。据史料记载，中国第一条海上丝绸之路始于秦汉，在西汉武帝时期，番禺（今广州）、冶县（今福州）、温州、宁波为全国四大对外贸易口岸。宋元时期，朝廷在温州等设置了市舶务、市舶司，通过海上丝绸之路与中国贸易的国家和地区在最高峰时达到50多个。在唐宋元的繁盛期，中国境内主要有泉州、广州、宁波3个主港和其他支线港、喂给港组成，而温州港就是宁波港的一个喂给港。元代时，温州拱北门（朔门）外沿江一带就建成了上千米的大石堤，并建有码头，供官船和中外海船靠泊之用。

永盛窑烧制的瓷器从沿楠溪江流域水路一路往东再往南运往瓯

江下游，在温州港把舴艋舟、木壳渡船换成走海运的四桅杆、六桅杆、八桅杆大船，再从温州运到宁波，然后在宁波换上远洋大船，运至东南亚各国，或越过印度洋最后到达欧洲各国。在这条漫长的商贸线上，温州港是必经之路。

第四章 招兵买马

俗话说得好，"枪打出头鸟"。自从永盛窑点燃第一把窑火后，半年未到，永盛窑的事业便做得越来越大，就像是天山上的雪球越滚越大。朱仙镇却感到了前所未有过的危机感，尤其是护窑力量上，依然很单薄，戚飞侠青年才俊，但经验不足，老镖师汪一下年岁已高，精力大不如前。

朱仙镇和朱珠想到一处了，如果有海盗来袭，仅仅靠戚飞侠、汪一下等人是远远不够的。据近年来的江湖传说，海盗中也不乏刀快心狠手辣的家伙。

朱仙镇发现，朱珠一提起戚飞侠，便马上像变了个人似的，对戚飞侠是满口赞誉，而这不是朱珠以前的做派，她很少有这么高评价他人的言语。朱仙镇笑了笑，朱珠也朝他笑了笑，两人显得有点儿尴尬。

其实，自从戚飞侠、朱珠在朱家大院首次相见时，就各自在心里激发起了一阵青春懵懂的涟漪，纯洁无暇，难道这就是传说中的一见钟情？

戚飞侠为永盛窑投入了全部的精力和热情，这里不仅有美女朱珠、瓷器大师朱仙镇、琳琅满目的瓷器，更有朱篇交托给他的信任。自从朱仙镇、朱珠特地聘请戚飞侠担任永盛窑护窑总镖头，专门负责在码头监管运货、卸货与瓷器海上护航工作以来，戚飞侠感到身上的担子不轻，压力很大。

第四章 招兵买马

关心家国大事的戚飞侠心里清楚,由于嘉靖年间又重新严厉实行海禁政策,从而断了沿海商人和日本的财路,所以无论是内部还是外部,都企图寻求突破海禁。当无法通过政治途径合法解除海禁,那就只好铤而走险,使用武力了。这样就造成了一个局面,不但有倭寇劫掠沿海地区,还有沿海大户或者商人组织武力也参与进来,而那些小户商人或者游民、奸民为了利益,也成为倭寇的帮凶,充当倭寇的向导。正是由于一些中国人自己参与倭寇活动,使得倭寇劫掠不仅仅限于沿海狭小的区域了,而是可以向中国沿海地区纵深突进,并且那些中国人自己熟悉地形,在倭寇具体的劫掠过程中可以为其提供很大的便利。这样一来倭患对大明的祸害从地域上大大扩展,从程度上讲则大大加重。倭寇沿海抢掠次数大大增加,受害最深的是东南沿海地区,江南苏、松、杭、嘉等府,田赋甲天下,江北扬州、通、泰等处,盐课甲天下,这些富饶地区成为倭寇的重点袭扰对象。这些袭扰破坏了东南地区的社会经济,倭患受害浙最剧,次南直,次闽,又次粤,明朝廷财政收入大减,更加深了明朝廷的财政危机。

戚飞侠记得,短短半年时间里,他护航的永盛窑瓷器船只,便有三次被海盗盯上围攻:一次是海盗人少,不满十人,戚飞侠凭借"八锋刀法"两招就镇住了海盗;一次是海盗人数较多,有30多人马,戚飞侠凭借朱篇的名号和"八锋刀法"六招镇住了海盗;一次是海盗人数很多,人马上百,戚飞侠凭借朱篇的名号和"八锋刀法"十招还有300两银子打发走了海盗,但还是被抢走了精美瓷器上百件。

戚飞侠心思缜密,他想,这三股海盗其实充其量属于小股海盗,基本上是散兵游勇。如果下次遇到几百人乃至上千人马、组织纪律严谨的海盗团伙,打着"永盛窑"旗号的船队怕是难逃一劫,瓷器被抢姑且不说，船工、水手们更是随时都会有被绑架、危及生命的风险。

在永盛窑开办将满七个月的一个晚上，朱仙镇、朱珠、戚飞侠聚在一起研究对策。最后，戚飞侠说："从海盗来源分析，日本没落武士组成的海盗团伙威胁很大；从发展态势来看，海盗成患很难阻止，由于海盗中不乏久经战阵的刀客。因此，建议从我的家乡戚家村招募30名有一定武术功底的精壮汉子到永盛窑工作，分别组成刀队、弓箭手队、火铳队，人员各10名，司职练功护窑和瓷器搬运。"戚家村历来武风兴盛，村里曾出过7名武进士、15名武秀才，是名震浙东的"武术之乡"，据传连村里的雄鸡都能使"三路柴"。戚飞侠接着说："同时，在窑匠中精选20人，闲余时间集中教授训练闪电霹雳刀法实战套路'一路刀'共16招。"朱仙镇点头赞成，朱珠拍手叫好。

很快，一支精锐的永盛窑护窑武装力量组建完成了。窑匠中还有唯一的一名女侠潘朵朵，她剑眉凤眼，身材修长，漂亮大方，在朱仙镇指点下不仅雕花小瓷盘制作出色，而且在戚飞侠指导下刀法也了得，两三个护窑男刀客都不是她的对手。

在每日的训练中，戚飞侠发现朱珠常常在附近盯着他看，戚飞侠的心中莫名的一阵慌乱。

还有潘朵朵总是在戚飞侠汗流浃背之时递给他一方干干净净的手绢，上面有时候散发着薄荷的清香，有时候散发着幽兰的芬芳。

朱珠温婉美丽，善解人意，她喜欢美好的东西，喜欢在永盛窑的花园中、后山的银杏林中种植些花草。她发现永盛窑闪电霹雳刀队的队员们在训练刀法、实战演练中受伤不少，尤其是在腾挪闪打中受外伤的居多。于是，朱珠特意种植了六亩倒挂金钟。倒挂金钟有一定的药用价值，特别是它的花朵有行血去瘀和凉血除风的作用，平时人们多把它用来治疗风湿性关节疼痛和跌打损伤引起的疼痛或者红肿，使用方法也很简单，只要把倒挂金钟的花瓣捣成碎末，直接敷在患处就可以。开花时，花朵悬挂在枝头，非常喜庆，也非常好看。倒挂金钟花期在4月至12月，养护得当，环境合适的话，一年四季都可开花。这是一种与众不同美丽的花，能让人感慨自然界的奇妙，感叹岁月是如此这般美好。它开的花像一个一个倒挂着的灯笼一样，一串串地挂在树上，如同飞翔的许愿灯。倒挂金钟拥有仙气飘飘的外套，屈伸而成的花骨朵就好似是装点有丝带的衣摆，蓝紫色与玫红的融合看起来分毫不艳俗，反倒在雅致中衬出了一些活泼可爱。

朱珠是爱美之人，她偶尔也会把倒挂金钟剪下来直接插入青花瓷瓶里面，在花瓶中放一些水，可以让它保持多日盛开不败，而且时间久了以后，倒挂金钟的花枝会在水中长出新根，这时取出可以直接移植到新的花盆中，一株新的倒挂金钟就会生长了。

朱珠喜欢读书，在一次月上柳梢头的夜晚，微风拂过山野，银杏林和倒挂金钟的枝叶在月华和微风的亲吻下轻轻摇曳着，宛如一首深沉的恋曲在大地上哼吟。在永盛窑的瓷器样品房里，一帮人围坐在一起，喝着清香醉人的乌牛茶，大家都聆听着朱珠在讲一个关于灯笼花的传说。故事是这样的：有个叫堪法纽拉的小精灵，想找事情做。女神赫拉就给她一个事情做，叫她去看管赫拉和宙斯的黄金苹果树。黄金苹果树本来是怪兽拉盾看管的，现在由小精灵来接管。小精灵只要敲响苹果树旁边的铃铛，拉盾就会来帮助小精灵赶走偷黄金苹果的坏蛋。有一次，小精灵在练习敲铃铛，拉盾飞来了，小精灵说："拉盾，对不起，我是在练习。"又有一次，拉盾又飞过来了，小精灵说："对不起，拉盾，我还是在练习。"最后一次，有两个坏蛋来偷黄金苹果，小精灵看到，吓得躲进草丛里，后来，小精灵还是鼓起勇气，冒着生命危险跑过去，敲了两下铃铛，拉盾以为小精灵在练习就没来。两个坏蛋把小精灵打倒在地，小精灵快死了，小精灵的眼泪滴在地上，苹果树旁边的铃铛自动响了起来，拉盾来了，把坏蛋赶走，小精灵用生命保护了黄金苹果树。为了纪念小精灵，赫拉就把小精灵变成灯笼花，这就是灯笼花的来由。

这年冬天的一个午后，阳光灿烂，戚飞侠正在永盛窑的碉楼上翻看兵书，朱珠又偷偷上楼，缠着戚飞侠，要他教她闪电霹雳刀法。戚飞侠说："你是千金之躯，玉指修长美丽，这么好看的手怎能拿刀呢，何况练刀法会使掌心磨出老茧。"朱珠不听，假装嗔怒："你只知练刀法，只知看兵书，不像我哥朱篇，我哥都有意中人了！"戚飞侠说："正因为我与你哥朱篇是结拜兄弟，所以我把你当成亲妹妹，我得保护你啊。"朱珠秋波荡漾，看了眼戚飞侠，说道："你不教我刀法也好，那我今后万一遇到海盗非礼，如何是好呢？"

戚飞侠拗不过朱珠，于是，戚飞侠便认真地教朱珠27招"南派功夫"女子防身术，一招一式慢慢教，然后在两个人的实战训练中一一纠正朱珠不到位的搏击动作。一来二往，两个人难免会有肌肤相亲。虽说戚飞侠一直把朱珠当妹妹看待，可是男女间的情感说来就来，是谁也挡不住的。朱仙镇看在眼里，当作自己什么都没发现，什么都没有看见。每当看到戚飞侠、朱珠一起探讨的时候，朱仙镇便难以控制地想念苗艳秋。

朱珠平日里温婉动人，一派大家闺秀风范。可是每当戚飞侠凝神沉思之际，她却喜欢趁机使出"南派功夫"女子防身术偷袭戚飞侠。潘朵朵心细如发，看着戚飞侠和朱珠打斗的场景，心里很不是滋味。

第五章 一枝独秀

14世纪初，日本进入南北朝分裂时期，封建诸侯割据，互相攻战，争权夺利。在战争中失败了的一些南朝封建主，就组织武士、商人和浪人到中国沿海地区进行武装走私和抢劫烧杀的海盗活动，历史上称之为倭寇。嘉靖三十三年以来，倭寇对中国沿海进行侵扰，从辽东、山东到广东漫长的海岸线上，岛寇倭夷，到处剽掠，沿海居民深受其害。明王朝筑海上16城，籍民为兵，以防倭寇，取得了一些成效。至嘉靖三十七年时，倭寇又猛地猖獗起来，并与中国海盗相勾结，对闽、浙沿海地区侵扰尤其频繁。

嘉靖三十九年春分时节，沿海地区的青花窑、吉祥窑，甚至内地的景德镇官窑相继受到海盗袭扰，损失不小。尤其是景德镇官窑，每年指定为朝廷生产官家瓷器用具，日常有朝廷军队巡逻，距离景德镇官窑三里外的景德镇北城门军营还驻扎了一个百户所，却遭受了最大的损失，明朝士兵伤亡67人，景德镇官窑被劫雪花白银6300余两，精美瓷器不下700件，还有3名稍有几分姿色的女工被抢走。

据景德镇百户所参战的兵士们口述，此次来袭扰的海盗与往常有很大不同，人数在500人上下，个个手持长柄日本刀，部分还配备火铳，进退训练有素，组织进攻分工有序，嘴里哇啦哇啦地大吼，很是凶狠，战力非寻常海盗能比。

戚飞侠闻之，日夜加紧训练永盛窑护窑队，并且每旬组织永盛窑所有人马开展练兵应急训练，提升综合防御能力。同时，戚飞侠建议朱仙镇与永昌堡护堡民团首领王叔果、王叔杲兄弟签订盟约，结为战斗联盟，互为呼应，承诺一方有难，八方支援。为了提升永昌堡护堡民团的刀功，戚飞侠还专门派出了得意弟子戚铁心、戚建伟常驻永昌堡传授闪电霹雳刀法。

永昌堡建于明嘉靖三十七年，位于温州府永昌镇。温州沿海备受海盗、倭寇侵犯，永昌抗倭首领王沛、王德叔侄牺牲。后王沛侄子王叔果、王叔杲兄弟发起修建此堡以抗倭。城堡呈长方形，南北长778米，东西阔445米，城墙高8米，基阔3.9米，周长2688米，有敌台13座。用石块斜垒，中夯土。永昌堡整座城墙雄伟壮观，不可尽言，具有极强的防御功能。城堡整体布局合理，设有4座城门、4座水门。城外四周有护城河环绕，城内开了两条南北走向的河流，上河宽13米，下河宽8米。河上筑有坡式的会秀桥、蛙式的联芳桥、直通式的井头桥等形式各异的桥梁，以利乡民通达。两岸以方块花岗石斜筑，以利水陆交通、灌溉、浣洗。堡内有水田100多亩，危急时可生产自救，不怕久困，以促进军民两安，可见当时经划之妥善，谋深而虑远也。

这年的暮春时节，戚飞侠还在朱仙镇、朱珠的赞同下，在永盛窑所在位置的左上方半山坡上的银杏林里用花岗岩砌就了一个高达11米的瞭望哨楼，站在瞭望哨楼的3楼，视野非常开阔，方圆60里范围内，一有风吹草动，便能知晓。同时，戚飞侠日夜派6名护窑队员值班放哨，警惕海盗来袭，做到枕戈待旦。

温州、宁波、苏州沿海一片风声鹤唳，闻海盗、倭寇则色变。

在倭寇海盗袭扰之下，沿海地区的青花窑、吉祥窑，甚至景德镇官窑等大小瓷窑被迫关门避难。唯独永盛窑在风雨侵袭中，顽强挺立，声名鹊起，一般海盗、倭寇不敢袭扰永盛窑。这件事传到了

第五章　一枝独秀

京城，工部点名每年征用 3000 只青釉点彩盘口壶为皇宫上下专用品，使得永盛窑更为昌盛，迎来发展高峰期，尤其是戚飞侠和闪电霹雳刀队引起了兵部和浙江巡抚的关注，专门划拨了 50 000 两银子改善戚飞侠闪电霹雳刀队武器装备。

这年的初夏时节，永盛窑女子刀队正式组建，由永盛窑女瓷匠、女眷组成，合计 15 人，潘朵朵为队长。潘朵朵对海盗有深入的分析，在一次和戚飞侠交流时，潘朵朵的一番话语颇有见的，引发戚飞侠的共鸣。

潘朵朵说："近年来的海盗与往年不同，往年的海盗中有很多人是被生活所逼而堕入海盗生涯的中国人，而近年来的海盗实则是倭寇。一般的海盗大多是毫无纪律性的松散团伙，而倭寇却是有着铁一样纪律的一支支大小军队。"

戚飞侠沉思了片刻，对潘朵朵说："倭寇的确强悍，倭刀轻巧犀利、灵活多变，双手持刀是长剑，单手持刀可为短刃，没有经过实战训练的明军兵士和倭寇一对一厮杀，很难有胜算。如果倭寇来袭，你觉得该如何应对？"

潘朵朵发现戚飞侠的目光注视着她，便莞尔一笑道："我认为不能硬拼呗，至于如何应对，我知道你戚大侠有的是招数呀！"说完，掉头便跑。

这样富有个性的女侠潘朵朵，戚飞侠没有理由不喜欢她，只是当下防卫重任压在双肩，他不能有一丝一毫的懈怠，他不能有儿女私情之贪念。因为，关乎永盛窑，关乎黎民百姓，戚飞侠的豪情万丈、排兵布阵之法需要在关键时刻挥洒。

戚飞侠站在永盛窑瞭望哨顶楼俯瞰温州府，只见永盛窑与永昌堡遥相呼应，成为犄角。美丽的楠溪江水流静静流进瓯江，瓯江的江面上海鸥飞翔，船帆劲鼓，看似波澜不惊，实则狂风暴雨即将到来。戚飞侠总感觉眉头在跳，不由心里一紧。

第六章 朱珠被劫

戚飞侠的心电感觉毫厘不差,朱珠和打着永盛窑旗号的一艘货船在温州港起航去宁波港的白天航行中被一伙海盗劫走了。这让戚飞侠震惊不已,真是不怕一万就怕万一,货船白天在温州港起航去宁波港的航行中发生危险的概率比去东南亚等地要低得多,何况这段时间明朝东部沿海都加强了一定的海防兵力。陪伴朱珠同行的两名永盛窑女子刀队队员由于势单力薄,也被抓走了,其中一个还伤得不轻。

海盗故意放回的一个船工回来报信:朱珠、两名永盛窑女子刀队队员,以及货船里的瓷器都被海盗劫走了,绰号叫"黑佬"的海盗头子放话要朱仙镇拿 1000 两上好黄金来钓鱼岛西北角的"天之涯"交换人质,限时两天以内,否则撕票。

朱仙镇闻讯久久无语。他最担心的事情还是发生了。难道这就是命中注定的劫数吗?朱仙镇长叹不已。

在朱珠被海盗劫持的那个立秋深夜,戚飞侠与朱仙镇、汪一下、潘朵朵等人紧急商讨营救策略之后,已经是三更了。一轮弯月在云层中穿梭,几只野鸟在空中飞过,永盛窑静静地矗立在凤凰山脚,但是戚飞侠辗转难眠,在卧榻上舞动闪电霹雳刀,一招一式闪电转换之中,刀锋和意念都直指倭寇。他浑身是汗,于是打开门,一个箭步直奔向永盛窑澡堂。

永盛窑澡堂分为男女两个小澡堂,仅仅一墙之隔。男女澡堂里各有两只小木桶,用于盛水。跟男澡堂比,女澡堂虽然空间小了点儿,但是多了一只漂亮的大木桶,便于女子沐浴,用的是上好的梨花木。梨花木在泉水的润泽下显现出细腻精致的木纹,整只木桶就像一件精美绝伦的瓷器。

那晚的戚飞侠,竟然鬼使神差闯错了门,当他推开虚掩着的澡堂木门时,惊呆了!

只见洒满皎洁月光的澡堂里,梨花木桶中站立着沐浴的潘朵朵,水花四溅,一股玉兰花的清香飘满澡堂。潘朵朵正在用双手掬捧着木桶里的水,身材修长,曲线毕露,比永盛窑里的任何一件白瓷精品都要漂亮无瑕。

戚飞侠停住脚步,想马上逃走,但已经来不及了。潘朵朵专心沐浴时,刹那间看到了戚飞侠的身影,她惊叫不已,慌乱中赶紧用双手抱紧胸口,同时在水桶里蹲了下来,只露出羞红的面孔和披散着的秀发。

两个人在这样的情境中,都感到万分的紧张和尴尬。

戚飞侠狂奔到了永盛窑庭院里,仰头深深地吸了几口气,感觉整个人都快要晕倒,他现在的脑海中满是朱珠被海盗劫持的可怕图景,还有潘朵朵那一幅震撼心魄的美人出浴图。

十万火急,兵贵神速。五更未到,戚飞侠连夜带领闪电霹雳刀队30名精锐身穿黑色紧身短打服,携带长刀、弓弩、火铳、干粮、饮用水,以及1件斗彩鸡缸杯真品、5件斗彩鸡缸杯赝品、10两黄金、90斤镀金黄铜块,乘坐"飞鹰"号快船出发了。戚飞侠没有叫潘朵朵一起去,一是因为她是姑娘家,这次行动对她必然太过血腥;二是万一此次营救行动失败,戚飞侠很担心潘朵朵像朱珠那样落入海盗的魔窟受苦受难;三是此次澡堂插曲,是个难以解开的心结。

潘朵朵很生气，对着朱仙镇打报告道："朱窑长，戚飞侠说话不算数，没有叫上我一起去营救朱珠妹妹"。潘朵朵和朱珠亲如姐妹，她跟朱珠同年生，比朱珠大了三个月。如今，朱珠被海盗劫走，她怎能坐视不理。还有，那晚的营救商讨会上，戚飞侠、朱仙镇都已经口头答应带潘朵朵一起去的。至于澡堂小插曲，虽然作为姑娘家，潘朵朵很害羞，但她内心里却是有几丝微妙的欢欣的，因为她打心里爱慕戚飞侠，戚飞侠是第一个窥见她玉体的男人，他总要负起男人的责任来的。不管是有意的还是无意碰见的，潘朵朵觉得这都是一种生命中的情缘。

潘朵朵站在永盛窑的瞭望塔上，面向东海方向，在心里默默地祈祷着戚飞侠和朱珠能安全回来。远处的瓯江看似平静，但实则很不平静，就像此时此刻的潘朵朵心潮澎湃。

第七章 "飞鹰"号出击

戚飞侠指挥的"飞鹰"号快船闪电般在夜幕中往钓鱼岛方向急驰,"飞鹰"号快船的船头溜尖,是一艘四桅杆两面帆的先进快船,在海面上快速划出一道道水线,溅起的浪花直打向戚飞侠的脸庞。

戚飞侠神色凝重,右手握紧腰间的霹雳刀刀柄,这把随身携带的武器是祖传宝刀,刀身长达四尺二,宽度仅两寸,经历过血雨腥风的洗礼。据情报信息,钓鱼岛"天之涯"的这伙海盗人数不少于160人,配备了一批火铳,甚至还有几门小型火炮,实力不可小觑。如果硬碰硬,闪电霹雳刀队获胜的概率相当于大海捞针。因此,只能智取,随机应变。戚飞侠皱了皱眉头,鹰隼般的目光直射向远方。

站立在戚飞侠身边的戚晨曦手拿罗盘,指针牢牢指向钓鱼岛西北角"天之涯"方向。

天公作美,风向是顺风,按照"飞鹰"号快船的速度,第二天的黄昏之前大概能抵达钓鱼岛西北角。

戚飞侠命令闪电霹雳刀队30名精锐抓紧时间休养生息,养精蓄锐。

此时,朱珠和两名永盛窑女子刀队队员戚月月、刘可珍被关押在"天之涯"大石洞的一个小石室里。石室外边守着两名持刀海盗。整个大石洞里狼藉不堪,散发着浓郁的烈酒、烤肉气味,这是这伙海盗昨晚举行庆功宴会留下的印迹。让朱珠她们恐惧的是昨晚那伙海盗酒后袒胸露乳的恶心神态，海盗劫财劫色的故事朱珠听过很多，她最担心的不是生命危险，而是姑娘家的贞洁。朱珠暗地里对戚月月，还有伤势不轻的刘可珍说："与其被这帮杀人不眨眼的海盗玷污玩弄，还不如拼死一搏，同归于尽。"戚月月和刘可珍都点了点头，反而变得镇定起来。

一个长相猥琐、酒气熏天的海盗小头目凑近了朱珠，伸出毛茸茸的手摸了下朱珠的脸蛋，发出一阵毛骨悚然的奸笑。朱珠双手双脚都被捆绑得死死的，只能瞪眼以示抗议。这让海盗小头目产生了莫大的快感，他色眯眯地盯着朱珠的胸部，伸手就要撕开朱珠的胸衣。旁边的戚月月和刘可珍都流露出了惊恐的神色。

正当朱珠受辱之际，只见边上一声中气十足的吆喝，一个黑壮矮蹲的中年海盗制止了海盗小头目的行为。顿时，那群刚才还围着起哄的海盗便鸦雀无声了。朱珠猜想，难道这就是传说中的钓鱼岛大海盗、绰号叫"黑佬"的海盗头子？

很快，那个黑壮矮蹲的中年海盗命令几个小海盗给朱珠她们喂上几口淡水和牛肉片。朱珠想："这伙海盗没有玷污她们，难道是把她们作为人质，要挟永盛窑重金来交换？戚飞侠，你在哪里啊！"朱珠假装累塌下来了，闭目假装昏睡过去。

随着一声清脆的桄榔声，小石室的门被重新锁上。室内漆黑如墨，宛如掉进了一个黑咕隆咚的坑。朱珠她们仨紧靠在一起。为了能活着逃出钓鱼岛，她们决不能任人宰割。

钓鱼岛上一片静谧，只听见海浪拍打礁石发出的声音。朱珠整夜未眠，她在思考逃跑的方案。

第二天正午时分，一艘满载货物的大海船从相反方向和"飞鹰"号快船相遇。当"飞鹰"号快船闪电般从大海船边上掠过时，突然大海船上有人用弓箭射过来一小团红绢。戚飞侠打开红绢，只

第七章 "飞鹰"号出击

见里面一小块浅蓝色丝绸上用红墨水画着一幅从温州港到钓鱼岛的航海简易图,字迹隽秀大方,共标有三条航海线路,其中一条不仅是捷径而且还避开了沿线的暗礁和大漩涡大洋流,落款是一个"苗"字。戚飞侠赶紧叫罗盘手戚晨曦校对罗盘指针和航海线路,发现"飞鹰"号快船和丝绸上画出的捷径殊途同归,关键是避开了潜在危险区域。戚飞侠大喜之余陷入了沉思,到底是哪位古道热肠的江湖人士给他们助了一臂之力。

戚飞侠望着大海船,行以抱拳礼节。

一大群海鸥从附近的礁石上腾空而起,瞬间从"飞鹰"号快船上空飞过。

戚飞侠望着无垠的大海和茫茫天宇,心中激起万丈豪情,千般柔情。

"飞鹰"号快船上的两面风帆鼓得满满的,一路顺风,很快就看到了远处隐隐约约的钓鱼岛。

当天傍晚5点10分,夕阳洒金,"飞鹰"号快船在距离钓鱼岛西北角"天之涯"海盗窝大约两里地的浅水滩停靠了一会儿,戚飞侠命令霹雳刀门师弟戚丁带领25名精锐从这里登岛,并潜伏到距离"天之涯"半里地的丛林中,蓄势待发。

随后,戚飞侠和5名精锐刀手乘坐"飞鹰"号快船直奔"天之涯"登岛码头。

只三炷香的工夫,"飞鹰"号快船便抵达"天之涯"登岛码头。码头石砌的小哨楼里,探出了几只火铳,一门小型火炮的炮口瞄准了"飞鹰"号。

海盗哨兵早就观察到"飞鹰"号快船上的"永盛窑"旗号和人马,区区6人而已,不足为惧。因此,码头位置由一位精壮的小头目率31名海盗在此等候戚飞侠的到来。戚飞侠的名声早已在东海海域范围内的海盗、倭寇圈内如雷贯耳。一些见识过戚飞侠闪电霹雳刀法的海盗，对戚飞侠或五体投地，或恨之入骨，或爱恨交加。

戚飞侠清楚，不入虎穴焉得虎子，这伙海盗绝大部分都是日本人，是名副其实的倭寇，战斗力比以往遇到的海盗团伙要强大许多，但是为了朱珠，他早已将自己的生死抛到脑后。

戚飞侠率领五名队员挺直腰板，迈上了"天之涯"登岛码头。那名精壮海盗小头目迎了上来，示意身边的汉人翻译发话。汉人翻译说道："大头领德高望重，很重江湖义气，在'天之涯'猛虎厅等候，请你等先呈上押金，以表示赎回人质的诚意。"戚飞侠右手一挥，身后的四名队员依次呈上了三个樟木做的大木箱子，并把木箱盖子一一打开，只见箱子里金光闪耀、五彩缤纷，让海盗们心花怒放、眼花缭乱。3只木箱里装的是1件斗彩鸡缸杯真品、5件斗彩鸡缸杯赝品、1斤黄金、90斤镀金黄铜块，真品在上，赝品在下。海盗小头目凑近木箱，老练地拿起一枚黄金锭子，用牙齿轻轻一咬，金锭上马上留下了清晰的牙印。海盗小头目哈哈大笑，表示满意。海盗小头目用双手小心翼翼地捧起那只斗彩鸡缸杯真品，眼光从上到下，从左到右，来来回回欣赏，而后用手指敲了敲，鸡缸杯发出了清脆悦耳的声音。海盗小头目刹那间露出的贪婪眼光，被戚飞侠抓到了。戚飞侠在心里嘀咕道："贪心就好，投之以饵料，鱼就上钩。"

戚飞侠示意懂日语的戚晨曦靠近那名精壮海盗小头目，假装向他介绍斗彩鸡缸杯的特点，瞄准空隙把一枚金锭子掉进小头目挂在腰间的箭袋里。

海盗小头目很满意，于是就令戚飞侠一行可以马上到"天之涯"猛虎厅见海盗大头领"黑佬"，"黑佬"原名松本一郎，出身日本知名武士世家，由于家族在宫廷权力斗争中败北，家道渐趋没落，沦落为海盗。"黑佬"精于日本刀法，研究过元刀法和明刀法，久经战阵，在附近岛屿的众多海盗团伙中数一数二，他的刀法以"快、狠、怪"而闻名，加上他的个子矮、重心低，步法移动迅速多变，一般刀客根本不是他的对手。

海盗小头目提出了要求，供戚飞侠选择，要么戚飞侠一人到猛虎厅商谈，允许带刀；要么戚飞侠一行六人全部卸掉兵器，到猛虎厅。戚飞侠熟知海盗一贯的江湖做法，按照惯例，不仅他们都要被卸掉兵器，甚至会被捆绑住双手、蒙上眼眼睛进去商谈。海盗小头目由于得到了一枚沉甸甸的黄金锭子，于是就给了戚飞侠一定的好处和选择空间。

戚飞侠吩咐戚晨曦到船上拿出备用的一只青釉点彩盘口壶真品，亲自送给了那名小头目，意思是承蒙关照，交个江湖朋友。

戚飞侠决定单枪匹马闯猛虎厅，他令手下五人退回"飞鹰"号快船上等候消息。

戚飞侠正准备出发时，海盗小头目向戚晨曦招了招手，让懂日语的戚晨曦卸掉兵器跟随戚飞侠一起到猛虎厅。

从登岛码头通往猛虎厅的道路，崎崎岖岖，岗哨林立，戚飞侠不得不佩服"黑佬"的军事才华，"黑佬"所设立的哨卡无一不安排在险要、隐蔽的位置，尤其是越接近猛虎厅，哨卡就越隐蔽。戚飞侠在心里一一记下哨卡的位置、个数和兵力，心里不禁打了个冷战。此次想要安全救回朱珠，伤亡是难免的，一旦失败就是全军覆没。戚飞侠心潮澎湃，但越加镇定冷静。

戚飞侠笑着对冷汗直流的戚晨曦说道："钓鱼岛的风光真美，海浪绽放，椰树成林，沙鸥翔集，在此安居乐业是人生一大快事啊！"

戚晨曦受到了戚飞侠的鼓舞，也笑着答道："戚大哥，那回头给我介绍个好姑娘！"

戚飞侠知道戚晨曦很喜欢刘可珍，于是说道："功成名就时，洞房花烛夜。"

戚晨曦是个很机灵的小伙子，自幼习武，尤其深得南派少林功夫"中拦拳"精髓，其中一招"白鹤冲天"堪称得意，功力雄厚。戚晨曦自然明白戚飞侠话语中隐含的意思，他深感此次营救朱珠的担子很重，决不能暴露蛛丝马迹，决不能有一丝马虎和懈怠。作为罗盘手和日语翻译，他的担子也很重。

戚飞侠抬头仰望，惊叹于大自然的鬼斧神工。只见钓鱼岛西北角的"天之涯"果然不负虚名，宛如一把长剑斜插在大海之上，与海平面落差约300尺，号称"猛虎厅"的硕大山洞就在离海平面260尺的地方，除了"天之涯"山顶一毛不长之外，整个"天之涯"荆棘遍布，草木茂盛。

更令人惊叹的是，戚飞侠发现，"天之涯"半山腰居然还有一泓天然泉水，滴水穿石，海天洗礼，长年累月就形成了一个直径达5尺有余，深3尺的泉水井。正因为淡水的重要性，这里设置了两个哨卡，有12名背着火铳、腰挂倭刀的海盗在此把守。

逼近"猛虎厅"只剩20步的路程了，戚飞侠擦了擦额头的汗，抖了抖精神。猛地，只看见"猛虎厅"洞门口的哨卡里黄旗一摇，就听到一声震耳欲聋的铜锣声从山上传了下来。"好一个下马威！"戚飞侠在心里说道。

一阵脚步声涌出"猛虎厅"，戚飞侠看到"黑佬"带着不少于30名的海盗站立在"猛虎厅"洞门外。戚飞侠快速点数，只见"黑佬"腰挂长刀、短刀各一把，左右两名海盗卫兵凶神恶煞一般，10名海盗腰挂倭刀，5名海盗手持火铳，5名海盗手持长枪，另外10名海盗手持弓弩，好一派兵强马壮的场景。"怪不得明朝卫所军队面对海盗、倭寇毫无胜算，今日可见一斑。"戚飞侠振奋了下精神。

面对"黑佬"，戚飞侠拱手作抱拳礼，"黑佬"盯着戚飞侠上下打量，觉得这个戚飞侠玉树临风中透露出一股难以言传的英武豪侠之气，心里不禁倒吸了一口凉气。

"黑佬"拍了拍三个樟木箱子，表示满意，随后挥了挥粗壮的手臂，示意海盗小头目引领戚飞侠进入"猛虎厅"谈事。

一群人在"猛虎厅"坐定。戚晨曦和那名汉人随时准备为双方交谈内容翻译。

"黑佬"的嗓门很大，他喝了一口烈酒，说道："戚飞侠队长，我带领的弟兄们跟其他海盗不同，我们从来不会去干杀人放火的勾当。我松本一郎出身日本武士世家，只因家道没落才沦落于此，总有一天我会东山再起，重回日本进入宫廷核心权力圈子。此次抢走朱珠三人也是无奈之举，不是弟兄们成心和永盛窑过不去，而是永盛窑生意红火，应该照顾照顾弟兄们的饭碗，何况永盛窑货船经过的航海水道与钓鱼岛咫尺之隔，理应留下买路钱的。"

戚飞侠镇定地说道："大头领的意思，我戚飞侠必定回去报告朱仙镇窑长，只要能让朱珠三人平安回去，大头领在金钱和瓷器上的任何要求，都没问题。"

"黑佬"两手一拍，道："我就喜欢戚队长这样爽快的人！"

戚飞侠从身上掏出一对小巧玲珑的汉白玉钟鼎，对"黑佬"说道："朱仙镇窑长久闻大头领威震八方之名，特意让我带来了给你的见面礼，也是预祝双方今后合作愉快的信物。汉白玉钟鼎寓意一言九鼎，言出必行。"

"黑佬"爱玉如命，尤其是汉白玉精品，更是爱不释手。"黑佬"对戚飞侠说道："我与钓鱼岛这帮弟兄近年来过得不舒心，一则明朝廷加强了沿海卫所兵力和海上护航，二则日本当权派千方百计派兵企图围剿我们，我们在军需品等方面极为紧张，此次只好出此下策让朱珠三人到钓鱼岛上一游，以便能得到朱仙镇窑长的鼎力支持。"

"你放心，朱珠三人都好好的，除了刘可珍在反抗中受了刀伤之外，朱珠可是毫发未伤啊。""黑佬"云淡风轻地说道。

听闻讯息，戚飞侠心里感到轻松了些。他看了眼戚晨曦，只见戚晨曦眼神中有一丝担忧，戚飞侠猜测到那是戚晨曦为刘可珍的伤势担心。

"黑佬"接着说道："我久经沙场，与各方刀客、剑客高手交手无数，最喜欢以武会友。"

"到猛虎厅来做客的，都要接我十招，十招过后方可入洞。""黑佬"话音刚落，便抽出腰间的长刀，做出一个日式的出刀动作。

戚飞侠早就研究过"黑佬"的嗜好。于是，他只一甩身，便拔出了霹雳刀，静若处子般静候松本一郎出招。

高手过招，宛如电闪雷鸣、日月交辉、春秋更替，围观的人马只看见戚飞侠、"黑佬"的身影一高一低地在飞速移动着，只听见一阵刀锋相碰砸出的清脆金属响声。蓦地，"黑佬"抽出了短刀，使出的长刀夹杂短刀招式凌厉凶狠，让戚晨曦惊出了一身冷汗。

戚飞侠知晓长刀加短刀的厉害，立马使出闪电霹雳刀"八锋刀法"中的"游龙十八刀"，只见猛虎厅里刀光闪闪，霹雳刀风排山倒海般澎湃。一眨眼的工夫，便见"黑佬"的短刀被戚飞侠的闪电霹雳刀磕落在地。"黑佬"还不服气，大喝一声，像一个旋转的黑陀螺围着戚飞侠攻击。戚飞侠对"黑佬"的精妙刀法大为惊叹，只得使出祖传闪电霹雳刀法中的绝招"定海神针"招式。只见戚飞侠双手刀变为单手刀，手中的刀尖在地上一点，整个身子便腾空高高

第七章 "飞鹰"号出击

跃起，宛如鹰隼直刺向蓝天，让"黑佬"大吃一惊。正当"黑佬"想纵身跳出戚飞侠掌控的圈子时，戚飞侠早已闪到了他的身后，只轻轻一招形意拳"老僧敲门"，"黑佬"便跌出了六尺开外。只见戚飞侠飞身一纵，又稳稳扶住了"黑佬"。

"黑佬"气喘吁吁，他是名闻东海海域的一流刀客，十多年来横行江湖，无一败北。今天不到十招竟然累得步法踉跄，身法紊乱。"黑佬"清醒地知道，戚飞侠的功力远远胜过他几筹。更可怕的是，以戚飞侠的闪电身手，连火铳都难以追得上。

戚飞侠原地站定，收刀入鞘，双手抱拳，连声对"黑佬"说道："承让，承让"。

"黑佬"败在戚飞侠手下，心服口服，若不是戚飞侠手下留情，他这条命早就丢在钓鱼岛上了。"黑佬"用手一招，示意海盗二当家"青熊"派人到石室内带朱珠三人出来。

话说这个"青熊"，多年来一直被"黑佬"压在老二的座椅上，早就想趁机夺取第一把交椅，暗地里发展了自己的一批亲信势力。如今，"黑佬"被戚飞侠击败，昔日的威风一举扫地，没办法，这就是江湖游戏规则，很残酷很无情。

"青熊"很是贪婪朱珠的美貌，自打第一眼看到朱珠便欲火如焚，渴望霸占朱珠。现在，"黑佬"命令他放走朱珠，简直就是放飞了他即将到嘴的白天鹅，这简直比阉割了他还难受。"青熊"很窝火，心中刹那间燃起了邪恶之火。

"青熊"的一对三角眼往猛虎厅里的几名亲信瞄了瞄，同时他来到了气喘吁吁的"黑佬"身边。众人还没有反应过来，只见"黑佬"瘫软在地，像一团烂泥巴。猛虎厅内乱成一团，像是一只大染缸。

"青熊"手持倭刀，叫嚣道："戚飞侠暗箭射杀了大头领，我们要血债血还!"不明真相的海盗们有的拿起火铳,有的拉满弓弩,有的拔出倭刀,像一群跳蚤般围了上来。

"得小心行事,把握战机。"戚飞侠在心里默念道。戚飞侠临危不惧,示意戚晨曦跟随他的方向突击。戚晨曦长得书生相貌,关键时刻镇定勇敢,他拔出了藏在腰间的鸳鸯双刀,背靠向戚飞侠。

突然,猛虎厅外一阵喧哗,正在众人惊诧之际,戚飞侠一个内家功夫"猫儿滚",便擒拿住了"青熊"。戚飞侠推测,外面的喧哗应该是戚丁他们偷袭得手了。

戚飞侠对海盗们说道:"'青熊'歹毒,是他对'黑佬'下的狠手,企图嫁祸于我,以好坐收渔翁之利。"

猛虎厅内的海盗更乱了,忠于"黑佬"的海盗和"青熊"的亲信相互对峙着。

"青熊"原本想通过阴招击败戚飞侠,从而强占朱珠,同时企图趁机要挟朱仙镇的永盛窑每月定期向他们缴纳高昂的保护费。没想到偷鸡不成蚀把米,"青熊"心有不甘,虽然被戚飞侠擒住了,动弹不得,但还是咬牙切齿暗地里向猛虎厅的几个海盗小头目使了个眼色。

猛虎厅内大乱,一伙不怕死的海盗把戚飞侠围了起来。

第八章 激战钓鱼岛

那边,戚丁带领的 25 名精锐在夜色的掩护下,已经悄无声息地摸索到了登岛码头哨卡,联合戚飞侠留下的 4 名精锐携手解决了登岛码头的海盗,并迅速换上了海盗装束,准备朝着"天之涯"方向一路攻击前进。哪怕付出血的代价,也要顺利抵达"天之涯"海盗窝。戚丁大手一挥,命令 30 名精锐兵分两路,一左一右交替攻击前进,弓弩手和火铳手协同作战,霹雳刀队员密切跟进快刀斩杀。

当晚海上浓雾茫茫,没有月亮,也没有星星,钓鱼岛上漆黑一团,正当戚丁率队准备攻击时,只听见附近一声鸽哨,一艘六桅杆中型快船抵达了"天之涯"登岛码头,码头上亮起了两只火把,只见一名身材高大的女侠率领三四十名全副武装的剽悍男子成战斗队形跳上了码头。

戚丁大吃一惊,第六感判断是钻进了海盗们的圈套。如果这是海盗的计谋,那么戚丁他们将腹背受敌,只能拼死一战了。戚丁左手拔出了腰间的火药枪,右手拔出了雪亮的霹雳刀,命令 29 名精锐分为 6 组,按照三国诸葛亮八卦阵法,成战斗队形准备迎战,如果担任永盛窑护窑队第一副队长的他牺牲了,就让永盛窑护窑队第二副队长戚阿三顶上指挥,假如戚阿三阵亡,则让 6 个小队的队长依次顶上指挥,背水一战,哪怕战至全军覆没,也不能做海盗的俘虏。

让戚丁出乎意外的是，那名身材高大的女侠并没有指挥海盗们向他们进攻，而是派出了一名信使联络他们。

信使口头传递给戚丁一句话："你的快船打着'永盛窑'旗号，想必是朱仙镇朱窑长派你们过来营救其千金朱珠，那么大家都是自己人，如果你相信我们的首领，就请赏脸打个照面。"

戚丁也算个英雄，天不怕地不怕，于是就单枪匹马、疾步如飞地走到女侠客面前。戚丁见到的女侠英姿勃勃，五官端庄，不像是女海盗头子的模样。但是，戚丁仍旧保持着高度警惕。

戚丁对女侠说："戚飞侠是朱仙镇的人，你们是何方力量，刚才信使说是自己人，那么请你以信物为凭证。"

女侠莞尔一笑，对戚丁说："兵贵神速，十万火急，营救朱珠不能拖延时间，你知道朱仙镇的那把龙泉雌雄短剑中的雄剑否？"

戚丁说："当然知道，那是朱窑长的心爱之物，整天挂在腰间，剑身上有特殊标志，如同伴侣。"

女侠抽出了腰间刀鞘里的一把短剑，递给戚丁看，只见剑身上也镌刻着"朱""苗"二字。

戚丁诧异不已，他心里嘀咕道："难道这位女侠就是朱珠的生身母亲，名满东南亚、波斯湾海域的传奇女侠商人苗艳秋？"

女侠对戚丁说道："你若信我，就请恢复你原先的战斗队形向'天之涯'海盗窝攻击。山势险峻，易守难攻，因此，我建议通过声东击西来分散海盗兵力。我带队在此佯装攻击'天之涯'隔壁的海盗粮仓'卧虎仓'来吸引海盗，等吸引大批海盗过来救援粮仓时，你就集中精锐主攻'天之涯'哨卡，一举拿下！"

女侠还说了句："一定要保护好朱珠，安全营救回朱珠！"

戚丁用力地点了点头，随后命令全体精锐蓄势待发，只等女侠那边调动分散海盗兵力，就马上犀利攻击。

第八章　激战钓鱼岛

夜色中的钓鱼岛表面上看似风平浪静，实则暗流涌动，激战一触即发。

仅仅一炷香的工夫，海盗粮仓"卧虎仓"火光四起，一阵急促的火箭直射向"卧虎仓"位置，山丘上的海盗人影攒动，从半山腰滚下了大石头和几根粗大的横木。女侠示意手下人马不要着急进攻，而是坐等海盗第一波反击过后再做打算。

"卧虎仓"暂时没有了动静，看来海盗们训练有素，久经战阵。戚丁有点儿着急了。

蓦地，"卧虎仓"一片刀光剑影，杀声四起，原来是女侠派出的特别小队从山后依托绳索和植物藤蔓，偷偷地摸了上来，引起海盗大乱。

女侠长剑一挥，马上下令手下成梯形战斗队形向"卧虎仓"发起攻击，8名盾牌刀手在前，10名火枪手和10名弓箭手在后，15名长刀手殿后。

刹那间，"卧虎仓"哨卡吹起了响亮的海螺号，这是海盗们发出的增援信号。戚丁发现，通往"天之涯"多个哨卡的海盗纷纷派出人马准备支援"卧虎仓"。

戚丁手下人马早就按捺不住了，纷纷请战。戚丁说："继续等，继续观察，没我的命令，谁也不准向前攻击。"

当"卧虎仓"哨卡连续吹起了三声急促响亮的海螺号，戚丁一跃而起，率领全体精锐急速向"天之涯"方向猛烈攻击，进展很快，宛如排山倒海之势，很快就攻击到了距离钓鱼岛海盗老巢"猛虎厅"不到100米的位置。

戚丁感到奇怪，因为猛虎厅里灯火通明，却很平静。他不敢再想。

戚丁率队全力攻击的时间里，猛虎厅内战机四起。

戚飞侠处变不惊，娓娓道来，他说道："山上山下都是我们的精锐，如今'黑佬'被'青熊'暗算危在旦夕，'青熊'在我手里，我知道你们许多人都是被生活、时事所逼而上岛为盗，只要你们都放下武器，我们就是江湖朋友。"

"青熊"的两名亲信小头目想偷袭戚飞侠，只一个回合便被戚飞侠的霹雳刀砸晕在地。另一名亲信小头目还没掏出腰间的短柄火药枪，便被戚飞侠一枚飞镖击中右手，鲜血直流，倒在了地上。

戚晨曦大喝一声："还有异议吗！"一下子震住了猛虎厅内的其余海盗。这时，戚丁率领第一梯队十余名精锐好手冲进了猛虎厅，整个局势完全掌控在戚飞侠这边。

戚飞侠藐视着"青熊"，说道："只要你能接得住戚丁三招，我就让你全身而退。"

"青熊"是一个左手倭刀好手，他看了一眼瘦长的戚丁，说道："说话算数，我就与之战。"

霹雳刀和倭刀敲打出一朵火花，到了第二招，戚丁使出霹雳刀法中的"蝎子掉尾"，一脚踢在了"青熊"的左手腕，倭刀飞了出去，"青熊"像一头战败的公牛红瞪着眼。

钓鱼岛上的局势完全被戚飞侠和女侠联手控制住了，戚丁向戚飞侠简要汇报了女侠援助之事。戚飞侠自然就联想到了海上收到红绢包着的钓鱼岛航线图之事。

当众人从"天之涯"小石室里救出朱珠三人时，戚飞侠搭了搭三人的脉搏，除了受伤的刘可珍脉相较为紊乱，急需救治外，朱珠和戚月月状态不错。

戚晨曦一看到面色苍白的刘可珍，一把拿过随队药箱，急忙为刘可珍检查伤势，清洗伤口，补充淡水。

朱珠看着戚飞侠，脸上满是柔情，能在激烈交战后的钓鱼岛上

第八章　激战钓鱼岛

相见，两人心情大好，宛如久旱之遇甘霖。

面对英姿飒爽的戚飞侠，朱珠的心不禁澎湃得一塌糊涂，想起昨晚经受的惊吓，朱珠真想扑进戚飞侠的怀抱里，淋漓尽致地哭上一场。

这时候，戚飞侠派出的戚丁已经专程到"天之涯"半山腰迎接女侠。

这场交战，戚飞侠率领的精锐轻伤三人、重伤一人，女侠带领的兵力轻伤五人，基本上是刀伤，仅有一人被火铳射伤，都没有生命危险。这让戚飞侠感到万幸。戚飞侠想，如果没有及时得到女侠的支援，后果不堪设想。

当戴着面纱的女侠一行人马迈进猛虎厅时，戚飞侠感觉一身紫衣装束的女侠眼睛很像一个人，那就是朱珠。戚飞侠大步上前拱手行礼，连声向女侠道谢。

紫衣女侠身材高大，言语不多，只是向戚飞侠说了声："区区小事，何足挂齿。"

随之，紫衣女侠便把目光定在了猛虎厅里的朱珠脸上，这是一种难以言状的关爱神情。

戚飞侠刚观察到紫衣女侠的这一细节，只见女侠已经走到了"黑佬"旁边，奄奄一息的"黑佬"侧躺在地上，幸亏他的伤口已经被懂得一定医术的戚飞侠进行了紧急处理，才能硬撑到现在。

女侠掐了掐"黑佬"的人中，而后在紫衣口袋里掏出一只小葫芦，倒出来五颗药丸，给"黑佬"服下。戚飞侠知道，紫衣女侠的治疗方式是典型的蒙医"敢于下猛药"手法。"难道紫衣女侠是蒙古族人？"，戚飞侠心里犯着嘀咕。

戚飞侠闯过天南地北，见识很广，他知道，蒙古族其实是一个非常谦虚好学的民族，也善于吸纳和包容外来文化。明初阿鲁台派回回商人哈费思到明朝境内进贡时，要求赐以汉药。明成祖命太医院与之。蒙古贵族还私下从其境内和汉族人中招揽医学人才。蒙古草原上自古以来就有自己的医学，因为蒙古族人身体素质好，很少求医，多依靠自身抵抗力，因此蒙医在这方面不接诊则已，接诊就是重症危急，养成了蒙医为了立竿见影敢于用猛药的习惯。

　　戚飞侠越来越觉得这个紫衣女侠来历不可小觑。他想深入了解一番女侠的来历，尤其她的丹凤眼与朱珠极其相像。

　　从钓鱼岛猛虎厅洞口往远处眺望，只见海平面上起了一层薄薄的白雾，海面的蓝也变得越来越清晰，黎明即将到来了。

　　不等戚飞侠进一步了解，紫衣女侠就拱手示意，说了声"来日方长！"就带领一帮人马风驰电掣般下山去了，眨眼间无影无踪。

　　直等到戚丁说起女侠腰间刀鞘里那把镌刻着"朱""苗"二字的短剑时，戚飞侠才恍然大悟，拼命追赶到登岛码头，可惜紫衣女侠早已乘坐那艘六桅杆快船鼓足风帆驰远了。

　　戚飞侠任由海风吹乱思绪，眼神中流露出几分失落和惋惜，轻轻叹息着，但他不敢对朱珠说起。

第九章 海上危情

钓鱼岛激战的那晚，戚飞侠的过人胆识与才华展露无遗。

首先，戚飞侠的武功和侠义让"黑佬"心服口服，发誓不再从事海盗行当。"黑佬"忍痛解散了"天之涯"海盗余党，并发足盘缠。

其次，戚飞侠一网打尽"青熊"势力，准备把"青熊"等人押送到有司衙门处置。

最后，戚飞侠修书一封准备快马加鞭、日夜兼程呈交浙江巡抚，献策在钓鱼岛设立大明卫所，巩固明朝海上疆域；修建航船停泊点，建造一对南北对峙的钓鱼岛灯塔，便于商贸往来的各国船只在夜间航行而不至于偏离方向；开设钓鱼岛补给站和台风季节避风港，给过往货船提供过夜、补充淡水停靠点。

第二天清晨，戚飞侠看了看天色，下令"飞鹰"号马上扬帆回航，因为这个时节多台风，上午还风和日丽，下午就可能台风、海啸连天起。

"飞鹰"号在海上走了三小时后，海上起先是下起了蒙蒙细雨，而后雨滴变大，直接砸了下来，有黄豆那么大。戚飞侠命令除了瞭望哨坚持站岗外，其余人悉数躲进船舱。

戚飞侠戴了个竹制斗笠，立在船头，看着暴雨砸在海里，海上洋流滔滔而来，他要第一时间仔细观察前边海洋里的暗礁和大漩涡。戚晨曦在船舱里，拿着罗盘指定方向。朱珠等人由于连日来疲惫不堪，都靠在船舱里睡着了。

即将正午，海上又变得风平浪静，众人纷纷从船舱里出来，到甲板上观赏海上的大好风光。戚飞侠看到，朱珠笑得特别美，这让他不由地想到了潘朵朵，尤其是那夜澡堂里的"偶遇"。其实，在戚飞侠心里，爱恋的天秤更加倾向于朱珠，因为自从第一次见到朱珠，戚飞侠便心动不已。

到了正午时分，大家在快船上忙着吃干粮、喝淡水，补充能量。旁边经过的两艘货船上满载着瓷器等物品，边上竟然还有一艘武装护航船。看到这阵势，戚飞侠不禁感叹时下生意越来越难做，出海越来越惊心动魄。此次朱珠遇险、营救朱珠的片段，无一不是步步惊心，处处险情。要不是关键时刻有紫衣女侠的鼎力相助，还不知道结局会是什么样子。

前方100里处是一座袖珍型岛屿。岛屿上峰峦连绵，名曰"群峰岛"。

戚飞侠远远看到群峰岛，便发自内心地笑了。戚飞侠清楚，群峰岛上原来的海盗女首领"海上花"本名杜丽丽，貌美如花、刀法凌厉、水上功夫了得，屡次袭扰抢劫船队不成，曾是戚飞侠的手下败将，对戚飞侠又恨又爱，后在戚飞侠的道义感化之下解散了海盗，并做起了瓷器生意。永盛窑的精品新款瓷器一律给予"海上花"代理价格，"海上花"的生意做得风生水起，她屡屡邀请戚飞侠有空到她位于宁波港附近的"海上花瓷器代理商铺"做客。

在戚飞侠的记忆里，打扮得花枝招展的"海上花"每次到永盛窑来进货，每每遇见他，总是改不了打情骂俏的习惯，故意对他抛以媚眼。

但让戚飞侠预料不到的是，此时此刻，埋伏在群峰岛上的一伙倭寇正严阵以待，准备袭击"飞鹰"号。永盛窑的名声太大了，他们却收不到一两银子的保护费；永盛窑护窑队的戚飞侠太厉害了，影响了他们沿海抢掠的生意。

这伙倭寇有备而来。由于日本国内形势严峻，各类物质匮乏，急需向外掠取。这伙倭寇其实是整个倭寇联盟的急先锋，企图通过打掉"飞鹰"号，打掉强大的"永盛窑"的旗号，在大明东部沿海站稳脚跟，以开辟更大的倭寇大本营。

一场恶战即将爆发。

戚飞侠对当前倭寇日渐猖獗的趋势是有过深入研判分析的。自从此次钓鱼岛大捷归来，他就命令把打着"永盛窑"旗号的船帆换为一字不留的白帆，目的是避免引起沿线倭寇的袭击。

低调是戚飞侠的性格特点之一。戚飞侠父兄都是浙商翘楚，但都很低调行事，从不炫富，从不以势压人。戚飞侠在这样的家庭环境熏陶之下，一向行事低调谨慎。

戚飞侠是个心思缜密的人，他始终觉得朱珠此次白日里遇险很是蹊跷，何况温州港到宁波港海路不长，按常理来说不至于发生这种事。戚飞侠想到了朱珠的两位贴身女保镖戚月月和刘可珍，刘可珍为了保护朱珠，伤势不轻。戚月月刀法比刘可珍逊色，却在与海盗的对抗中毫发无伤。同时，戚飞侠听闻戚月月的叔父与海盗来往密切，由于担心被官府唤去审问，这段时间一下子销声匿迹了。这样一看，其行迹确实可疑。但是，任何猜疑都需要铁证来证实，戚飞侠吩咐戚丁和戚晨曦暗地里密切关注戚月月的行踪，一有风吹草动，立马向他报告。

离开钓鱼岛的第一天黄昏，戚飞侠特地安排戚丁、戚晨曦、戚月月三人在三更到五更值夜班。当晚，皎洁的月光倾洒在大海上，海风中三人保持着警惕。三更时，沙漏响起来，一人在船头，一人在船尾，一人在两层船舱的中央小哨楼观察着四面八方的动静。四更时,沙漏响起来,戚丁在船头假寐,戚晨曦干脆躺倒在船尾甲板上打起了鼾声。戚月月从小哨楼轻轻下来,走到了戚晨曦身边,又蹑手蹑脚走到了戚丁身边,转而飞快来到桅杆下面,打开捆绑着的一面船帆,熟练地拉动升降杆,那面打着"永盛窑"三个红色大字旗号的船帆便腾空而起,在海面上显得特别耀眼。

只见戚丁、戚晨曦一下跳将起来,一人扑向小哨楼,一人奔向桅杆下方。戚晨曦在抓紧时间摇动升降杆,争取以最短的时间收起"永盛窑"船帆。那边,戚月月并不慌张,坦然面对戚丁的质问,装作什么事情都没有发生一样。

戚丁质问戚月月:"你偷偷升起'永盛窑'船帆是何居心?是不是在给附近岛屿上的海盗通风报信!"

戚月月噗嗤一笑:"都说你戚丁是个木鱼脑壳,我干嘛要给海盗通风报信呀?海盗与我无亲无故,我升起'永盛窑'船帆是闹着玩儿的,只是觉得看到'永盛窑'字样,就好像已经安全到家了,感觉很亲切。"

"你就是会狡辩,我要报告给戚飞侠队长去!"戚丁说完就要扭住戚月月去见戚飞侠。

这时候,收起"永盛窑"船帆的戚晨曦也赶到了哨楼,他知道一对一交手戚丁并不能占戚月月的便宜。

让戚丁、戚晨曦始料不及的是,只见平日里小家碧玉的戚月月竟然撕拉一声扯开她的蝴蝶兰胸衣,大声哭喊着:"禽兽欺侮我,我不想活了!"在船舱中酣睡的众人顿时被外面的凄厉哭喊声惊醒,戚飞侠、朱珠等人最先跑上甲板,就看见戚月月披头散发,"扑通"一声跳进了海里。

戚飞侠一个鱼跃,也扑进了水里,他奋力在海水中摸索,可是没能找到戚月月。

第九章　海上危情

朱珠和戚月月亲如姐妹,她不顾自己的菜鸟水性,也纵身跳入海里,被一股急速旋转的洋流困住,惊得戚飞侠往朱珠这边飞速游来。这股洋流温度变化很快,时而温暖如春,时而冰冷蚀骨,旋转的力量很大,把戚飞侠和朱珠两人同时吸往"飞鹰"号船尾下五米深处,幸好戚飞侠临危不惧一把抱紧朱珠,一脚狠狠踹在"飞鹰"号船尾底部甲板,借助瞬间的弹力扭转了下沉的惯性,抱紧朱珠一起被洋流旋转出了水面。

花容失色的朱珠在戚飞侠的怀里急促地喘着气,迷离的眼神让戚飞侠忘记了刚才的千般险阻。两人宛如走了趟鬼门关,戚飞侠突然忘情地吻住朱珠的香唇,惊呆了跳入海中救助的戚丁等人。

那晚的海上历险记,如神话故事般。大家都觉得戚飞侠和朱珠的好事将近了。

朱珠对于戚飞侠在众目睽睽之下的非礼,假装很生气,她嘴里说这辈子再也不会理睬戚飞侠了。其实,长相俊朗、才华横溢的戚飞侠也常常在朱珠的梦里出现。

那晚的海上历险记中,戚月月失踪了,大家都认为她已经葬身海底。其实,戚月月凭借着一流的水性始终躲藏在"飞鹰"号快船的船头下面,不时地露出头换气。

第二天凌晨薄雾时分,"飞鹰"号快船距离群峰岛越来越近,这条航道是"飞鹰"号的必经之道。穿过这条航道,"飞鹰"号抵达温州港的航线上就很难再有海盗、倭寇来袭。如果一切风平浪静,只需大半天的时间,"飞鹰"号就可顺利抵达温州港。

戚飞侠没有预料到群峰岛上的一伙倭寇正在狼子野心般死盯着海面上的一举一动,他们的目标是一举击败、俘获"飞鹰"号。

戚飞侠更加没有预料到的是,这一天凌晨薄雾时分,戚月月顽强地爬上了"飞鹰"号,发疯般奔向桅杆下方,掏出一把小刀割断那面空无一字的白帆，迅速拉升起那面"永盛窑"船帆。

群峰岛上的倭寇大喜出外，倭寇头子土肥原苟生拍了拍汉人翻译戚旭曰的臂膀，说道："你的侄女大大的不错。"

戚旭曰就是戚月月的叔父，是倭寇、海盗的翻译。当时这类人的数量还不少。正因为倭寇、汉奸里应外合，沿海地区在倭寇、海盗袭扰下生灵涂炭，谈倭色变，更使明王朝对倭寇束手无策、头痛不已。

当矫健的"飞鹰"号进入群峰岛上倭寇的两架小型火炮射击圈内时，只见群峰岛上的倭寇旗帜一挥，"轰隆隆"两声巨响，两发炮弹直接砸向了"飞鹰"号，其中一发砸在了船尾位置，一发砸在了右边的船舷上，致使六名护窑队队员受伤，其中两名伤势很重。"飞鹰"号顿时火光四起，逐渐失去了重心。

戚飞侠临危不惧，拔出霹雳刀，指挥大家镇定回击、抬水灭火，命令舵手调转船头，尽快驰离群峰岛。戚飞侠一声令下，船上的所有精锐一个齐发，把弓箭、火铳齐射向群峰岛倭寇埋伏位置。

船头的那架小型铜炮准备开炮，炮弹却因为潮湿卡在了炮膛里，成了一架死炮。

戚飞侠有点儿着急了。局势紧张，随时都会有全军覆没的危险。他很担心朱珠的安危，他答应过朱仙镇会不惜一切代价救回朱珠。

更可怕的是，群峰岛上吹响一声嘹亮的海螺号，3只倭寇快船离弦之箭般向"飞鹰"号围了过来。戚飞侠初步判断，3只倭寇快船上各有30名左右的倭寇。

戚飞侠深色凝重，这是他担任永盛窑护窑队队长以来遇到的最大的麻烦和挑战。

"飞鹰"号由于被火炮击中失去了重心，很难回航到达温州港。

第九章 海上危情

因此，戚飞侠下定决心，令船上所有精锐隐蔽待发，等待倭寇快船靠上"飞鹰"号甲板的刹那间集中火力，重点夺取其中一只倭寇战船。

当激战一触即发的时候，海上突然刮起了一阵急促猛烈的龙卷风，所有船只都变得摇摇晃晃，宛如大海上飘摇的一片片树叶。连战船上的倭寇也慌乱了起来，停止了火铳射击。

"难道是台风要来了？"戚飞侠吓了一跳。还没等戚飞侠下达新的命令，整个大海上空一下子暗了下来，宛如黑夜来临。戚飞侠明显感受到"飞鹰"号在海浪的拍打中跌宕起伏，上下跳动，像是要马上被海浪掀翻在大海里。

当戚飞侠摸索到船舱里，通过喊叫找到朱珠时，浩瀚无边的东海上便刮起了百年难遇的特大台风。

海上一片漆黑，黄豆大的雨点从空中倾注下来，"呜呜呜"叫嚣着的台风把"飞鹰"号从海面上一下子掀了起来，又一下子砸到海里。幸亏"飞鹰"号是当时一流的造船师傅用最新的造船技术和上好的材料精心打造而成的战船，不然早就被台风打得支离破碎、面目全非了。

戚飞侠一把抱紧冷得发抖的朱珠，两个人的衣服全都湿透了。朱珠依偎在戚飞侠的怀里，在台风袭击的无比恐惧和被戚飞侠拥抱的惊喜中百感交集。

"说不定这就是我和戚飞侠最后的温暖时光。"朱珠想道。她想到了父亲朱仙镇、母亲苗艳秋还有哥哥朱篇，还有潘朵朵，眼角不由得湿润了。

在这场特大台风的袭击中，当天正午时分，海上终于有了亮光，雨变小了，风力变弱了，但是"飞鹰"号经不起台风的反复敲打、猛砸，终于被打散了船架子，船上的人马损失过半，众人掉落海里，或趴在船板上，或抱着一小块木头，在冰冷的海水中浸泡着，在海上咬紧牙关坚持着。

连"飞鹰"号一层船舱里那只紧急备用的救生小木舟也漏水了，坐在小木舟上的朱珠七人也随时面临沉没的危险。戚飞侠和戚丁等人抱着"飞鹰"号的桅杆在小木舟旁边的海水中漂流。不远处，掉水的倭寇们也死伤惨重，狼狈不堪。这个时候，大家都只想着拼尽全力游到最近的岛屿或者礁石上，等待救援船只的来到。

戚飞侠惊奇地发现，视线中竟然看不见群峰岛的影子了，这场特大台风把他们刮出了好远。戚飞侠举目一望，只见海上波涛依然澎湃。戚飞侠担心，如果再来一场大级别的台风，所有人都将葬身大海。

戚飞侠向朱珠喊了一声，露出了一个灿烂的笑容，那是他在激励朱珠要顽强坚持下去。

朱珠向戚飞侠露出了一个坚强的笑容，还有两个隐隐约约的小酒窝。

第十章 "海上花"绽放

　　海上的浪涛一个又一个席卷而来,形势非常严峻。

　　戚飞侠深情地望着朱珠美丽的小酒窝,一遍又一遍地看着。也许,这是他这辈子最后一次看着朱珠那美丽的模样了,他要记住朱珠的样子。戚飞侠想到,如果人有来生,生命有轮回,他下辈子还会喜欢上朱珠的。

　　海平面逐渐变得依稀朦胧起来,再过一个时辰,黑夜即将到来。那么,漂游在大海上的众人将很难有生的希望。

　　突然,眼尖的戚晨曦嘶哑着喉咙发出了一声惊喜地喊叫,宛如困境中的人们获得雪中送炭时的惊喜。戚晨曦兴奋地用右手指向东南方向的一个移动着的小黄点。

　　戚飞侠看到那个小黄点正迅速朝着他们所处的位置奔来。难道这个小黄点是一艘吨位较大的新型"黄皮船"?他是知道"海上花"拥有黄皮船的,他渴望这是一只黄皮船,更希望这只黄皮船的主人是"海上花"。看着那个黄点儿在视野里越来越大,戚飞侠判断这个小黄点就是一只名副其实的"黄皮船"。

　　夜幕即将到来之时,比"飞鹰"号船体大出两三倍的"黄皮船"出现在了戚飞侠等人面前。当戚飞侠看到黄皮船风帆上打着的"海上花"旗号,不禁感叹道:"真是天助我戚飞侠也!"

　　"海上花"穿着一身蓝花花时髦服装,立在船头甲板上。海风吹拂起她的长发,高高的桅杆上站着两只金雕,那是"海上花"多年来调教的战雕，能在千里之外的战地把紧急信件送达目的地，曾经有人出200两黄金交换这两只金雕，被"海上花"一口拒绝了。金雕乃"猛禽之王"，在众多猛禽中，金雕可谓是最令人着迷的鸟，不仅因为其十分少见，即使看到它们，也往往只是翱翔于天际的小黑点，不用望远镜很难辨识，更是因为金雕那巨大的双翼、威武的英姿，以及顶级掠食者所具备的捕食能力。金雕常被人们誉为"万鹰之王"。

戚飞侠有缘近距离观察"海上花"的两只金雕，深深感受到了金雕从头到尾都散发着无与伦比的魅力，以及与生俱来的霸气。它们的眼神仿佛一把利剑，在凝视远方时，似乎能够把空气刺穿。

一声口哨，两只硕大的金雕便腾空而起，展开有力的翅膀在戚飞侠等落水者的海面上空盘旋着。

刹那间，戚飞侠和"海上花"的目光碰到了一起。

"海上花"笑语盈盈地对着戚飞侠说道："戚大公子，真乃天意也，老天竟然安排你我在此相见。"

戚飞侠焦急地说道："看在你我的往日交情上，请你马上派人救起我的手下众人，来日必将重谢。"

"海上花"很坦率，说道："你我是江湖朋友，救你是肯定的，但是，你必须答应我一件事。"

戚飞侠答道："只要不是教我去干海盗倭寇的勾当，什么条件你尽管说！"

"好，干脆！说话算数是你戚飞侠的风格！那么，我要你娶了我，怎样？"随后"海上花"发出了一阵银铃般的笑声，很妩媚动人。

戚飞侠想不到"海上花"会出这一招。为了及时救起危在旦夕的众人特别是脸色已经变得苍白的朱珠，戚飞侠毫不犹豫地答应了

"海上花"的条件。

　　"海上花"不愧是闯荡过风风雨雨的老江湖，她命令手下放下一只小船，自己亲自坐小船来到了戚飞侠身边。

　　戚飞侠轻轻一纵，便跃上了小船。让戚飞侠更想不到的是，"海上花"递给他一块粉色绢布，上面赫然写着"戚飞侠发誓娶'海上花'杜丽丽为妻，绝不反悔"的字样。这还不算，"海上花"笑着让戚飞侠在上面按下手印。戚飞侠有点儿犹豫了，他望了望朱珠等人在海水中的窘态，心一狠，一口咬破了右手指尖，在那块散发着"海上花"体香的绢布上按下了一个红艳艳的手指印。同时，戚飞侠也向"海上花"提出了一个要求，那就是不要去救那帮在水中挣扎的倭寇。

　　"海上花"点了点头，马上答应了戚飞侠的要求。

　　"海上花"很满意戚飞侠按在绢布上的血印，今天她的愿望终于得到了实现。她动情地在戚飞侠额头上亲了一口，这一亲昵动作让水里的朱珠心都碎了。

　　戚飞侠想，总有一天朱珠会理解他的苦衷的。

　　"海上花"一挥手，黄皮船上的水手们便纷纷把戚飞侠手下奄奄一息的一帮人马拉上了甲板。伤势严重的人员立马被安排进客舱换衣取暖、喂给热汤；伤势较轻的人员则被安排进货舱安顿了下来。

　　"海上花"拿出两套她的"中国红"换洗衣裳，递给朱珠、刘可珍，特地安排她俩到她的专用小卧室里换洗身上湿透了的衣服。朱珠一把甩掉了"中国红"衣裳，"海上花"看在眼里，并没有生气。

　　戚飞侠很着急，万一"海上花"发怒了，那场面可是很不好收拾的。何况，当下的永盛窑精锐们人马损失过半，武器几乎丢失殆尽,根本没有能力来应付任何冲突。

当天夜里二更时分,"海上花"的黄皮船起航往温州港方向驶去,戚飞侠和戚丁等人面向"飞鹰"号沉没的方向,虔诚地下跪,三叩头,把三大碗农家烧酒倒进了大海,寓意"飞鹰"号永在,遇难的弟兄们一路走好。

戚飞侠热泪倾洒,真个是"长使英雄泪满襟"。

这时候,"海上花"手下的一名丫头叫戚飞侠到"海上花"的专用小卧室里去。

早已恢复了元气的戚飞侠阔步走进"海上花"专用小卧室,那名丫头立马带上了卧室门。

戚飞侠一进入卧室,便闻到一股沁人心脾的玉兰花香,瞥见杜丽丽斜靠在床头对着他微笑:乌云如墨、粉面似雪、桃腮樱唇、明眸皓齿。戚飞侠感觉到了自己怦怦怦的心跳,打心里惊叹"海上花"杜丽丽确实是一位世间少有的绝色女子。

杜丽丽的专用卧室虽小却很雅致,床头边小木桌上的小青花瓷瓶里插着一枝含苞待放的百合花,两只红蜡烛在静静地发出诗意盎然的光亮。无论烛光、幔帐、床榻,皆是浪漫颜色,如诗如歌,就像风平浪静时海上的水波在轻轻荡漾。杜丽丽身着宽松丝绸睡衣,隐隐约约中展露出两条修长丰腴、洁白如藕的美腿,她那灼热的目光射向戚飞侠,让戚飞侠有点儿不知所措。

戚飞侠知道,对于江湖义气、拔刀相助的杜丽丽来说,誓言比什么都金贵。戚飞侠知道,今晚他很难走出这个充满了温馨诱惑的"盘丝洞"。戚飞侠的脑海中反复出现自己按下血指印的一幕。

这时,杜丽丽从床上一跃而起,投入了戚飞侠的怀抱,一把扯开戚飞侠的胸襟,火热的香唇在戚飞侠宽厚、火热的胸膛上狂吻,让戚飞侠坠入了疯狂的感情漩涡。

卧室的小窗口外面,海风徐徐吹出迷人的天籁,海浪在互相嬉戏着。

第十一章 儿女情长

立秋后的第三天正午,"海上花"的黄皮船抵达温州港,望着不远处的江心灯塔。戚飞侠心潮澎湃,五味杂陈。这几天里发生的事情,堪称天方夜谭。

"海上花"的黄皮船为了护送戚飞侠等人回温州港,耽误了很多时间,看来这次的生意能保本就不错了。

"海上花"深情地注视着戚飞侠,两个人的目光里传递着彼此的情绪。"海上花"在江湖上奔波闯荡,才貌双全,身边不乏一大批追求者,但她唯独钟情于戚飞侠,没想到此次台风袭击竟然成全了两人的男女"好事"。

"时间不早了,你要多多保重自己。""海上花"说道。

戚飞侠伸出手轻轻地抚摸了一下"海上花"如瀑长发,以表达他的复杂心情。

"海上花"跨步登上黄皮船,下令起航。

很快,黄皮船便在戚飞侠的视野里消失得无影无踪。

"回来就好,回来就好!"朱仙镇强忍此次永盛窑人马损失过半的悲痛,安抚着朱珠等人。连日来,朱仙镇脸色憔悴,由于牵挂和担心,每日都睡不好吃不香。

戚飞侠了解到,在他们一行人马闯荡钓鱼岛的几天里,浙东又发生了好几起倭寇袭扰事件,永盛窑在汪一下、潘朵朵等人的严密防御和温州府卫所的支援下,没有遭受重大损失。

第十一章 儿女情长

朱仙镇知道，倭寇原本是要强攻永盛窑的，但是早就听闻戚飞侠闪电霹雳刀护窑队的厉害，加上永盛窑像个战斗堡垒、防卫森严，以及设置在半山腰银杏林里的哨楼视野开阔，一有风吹草动都一目了然，倭寇就转而袭扰周边区域的丽人窑、坦头窑和商铺街区。

据说，此次倭寇袭扰是一次有组织的集中大行动，领头的倭寇首领绰号"铁皮"，倭寇人数庞大，武器精良，无恶不作，被倭寇袭扰过的地方一片狼藉，惨不忍睹。

一个被抓去当伙夫、乘机逃回来的温州人叶春草说的惊魂故事，足以说明倭寇的残忍和贪婪。

叶春草说他亲眼在倭寇临时巢穴里看到被倭寇抢掠来的八名有几分姿色的少妇和黄花闺女，被一伙倭寇扒光上衣和胸衣，露出白花花刺眼的身体，被集中在厨房里打拉面"犒劳"倭寇。

叶春草说其实更加贪婪无耻的事情还在后头。当倭寇们尽情地吃完她们打好的麦面，喝够从酒肆里抢来的上好农家烧后，就在酒精的麻醉下开始疯狂轮流霸占这八名女子。其中，两名激烈反抗的女子被倭寇当场拿倭刀捅死在床榻上。

戚飞侠神情凝重，剑眉扬起，牙齿咯咯作响，连腰间的霹雳刀也发出了铿锵的金属声响。

戚飞侠连日来马不停蹄，和朱仙镇、汪一下、潘朵朵等人一边抚恤钓鱼岛一战死难队员的亲属，一边在温州府的支持下招兵买马，充实永盛窑护窑队力量，以防范倭寇来袭。

戚飞侠在楠溪江流域新招来的35名精壮汉子大多是猎手、水手、窑匠、石头匠、矿工出身，身强体壮、作风硬朗，很大部分都有一定的南拳、南棍基础。在戚飞侠等人的强化训练下，新招募的护窑队员逐渐熟悉掌握了一定的战斗队形和基本格斗刀法。

为了发挥新队员的特长，戚飞侠让5名猎手出身的汉子组成了火铳队，让水手出身的6人组成了舿艋舟火攻队，让懂得南拳、南棍的9人组成长棍队，其余15人专攻放哨和基本刀法。

在永盛窑护窑队抓紧训练操演的过程中，倭寇势力的野心进一步膨胀。倭寇们尝到了袭扰的甜头，就像猫儿们尝到了腥味，是不会就此罢休的。

潘朵朵听着戚飞侠说话，心思却在想着跟戚飞侠澡堂"偶遇"的场景。

戚飞侠望着潘朵朵修长灵活的背影，也陷入了无尽沉思之中。如今的他，因为和"海上花"有诺在先，有血色手指印为凭证，因此不得不死命压抑住自己对潘朵朵、朱珠的感情。

此时的朱珠，在闺房里深情地为戚飞侠缝制着秋装，她要给戚飞侠一个惊喜。钓鱼岛上的传奇令她难以忘怀，戚飞侠在海水中霸道的湿吻让她身心释放，姑娘家的矜持在戚飞侠的怀抱里早已成了过眼云烟。永盛窑里的人马，还有朱仙镇都觉得戚飞侠和朱珠可谓"金童玉女"。

潘朵朵自然在还在养伤的刘可珍那里听闻到戚飞侠和朱珠在海水中疯狂激吻的逸事。她有点儿怨恨戚飞侠了，但朱珠与她亲如姐妹，她又不好说些什么。因为，人世间最难说清楚的就是"情缘"两字，儿女情长，有时候真的很让人伤怀。

第十二章 永昌堡保卫战

倭寇祸害极大，明朝廷忍无可忍，派遣戚继光、俞大猷等到东部沿海专事剿除倭寇。嘉靖四十年春以来，倭寇屡屡被"戚家军"打败，迁怒于沿海各地百姓，纠集残余势力展开疯狂报复，见人就杀、见财就抢、见瓷窑就砸，温州府、宁波府等地一片风声鹤唳。地处东南沿海的温州，屡遭倭寇袭扰。

同年晚秋的一个晚上，月亮钻进了厚厚的云层，海边滩涂上的夜鸟发出"咕咕"的叫声。三更时分，整个温州城笼罩在黑漆漆的夜色之中，不晓得危险已经近在眼前。

当晚，一伙500余人的倭寇趁着"戚家军"主力部队北上山东青岛等地抗倭之际，快速登陆温州，向永昌堡席卷而来。

永昌堡内开了两条南北走向的河流，上河宽13米，下河宽8米，并按方建四门，即东环海、南迎川、西镇山、北通市。堡内河上筑有坡式会秀桥、蛙式联芳桥、直通式井头桥等形式各异的桥梁，以利乡民通达。四门上建樵楼为作战指挥部。四门尤以东门环海楼最为考究，设计别具匠心，建设成瓮城二重门，外门朝南，内门朝东，相隔十来米，两门之间形成夹墙暗道，设炮窗。

由于连日来大家还沉浸在"戚家军"大败倭寇的喜悦氛围里，永昌堡的防卫有所懈怠。

永昌堡城门外安插的三个哨卡的九名哨兵没来得及哼一声，便都被倭寇前锋特遣队员用锋利无比的匕首残忍杀害，哨卡里外遍地鲜血，惨不忍睹。

紧接着，倭寇炮队以迅雷不及掩耳之势把五门小型火炮、两门中型火炮排放在掩蔽位置，随着炮队小队长的一声令下，炮弹接二连三地炸向东城大门。

永昌堡的民团惊魂之中纷纷登上城楼防守，他们刚登上城楼，就被城门外早就埋伏好的倭寇弓箭队射杀，死伤数十人。城楼上一片惊慌失措。

倭寇头子"铁皮"手持鸟枪，一声喝令，五六十名倭寇组成的先锋队穿着短打黑衣黑裤，手持雪亮的倭刀像潮水般涌进东门。

永昌堡民团首领王正道临危不惧，指挥民团队员快速退进东门内城，拼死抵抗。

由于东门是双城门，有暗道暗炮，内城上有檑木火箭，外城虽被攻破而内城坚如磐石，倭寇一进城，城上的箭矢、檑木、石块、火包雨点般落下，早至的血肉横飞，迟来的抱头鼠窜只恨少生两条腿，倭寇先锋队除了少数几人侥幸逃出城外，其余的非死即伤。

倭寇大为光火，发毒誓要困死永昌堡，并以强弩射进一封劝降信，威胁永昌堡军民五更开门投降，否则一旦攻进内城就要疯狂屠城，杀人放火。

王正道在内城瞭望楼上看到此次倭寇人马众多且兵强马壮，装备精良，难以对付。于是，决定一边和倭寇周旋，一边派五名精悍机灵的团丁从城内暗道溜出城外，以最快的速度向永盛窑、温州卫所请求援兵解围。

五名精悍机灵的团丁从城内暗道溜出城外之后，马上兵分两路：一路两人骑上快马往附近的明军卫所狂奔，另一路三人乘坐一只小型快船鼓足风帆向永盛窑赶去。

永昌堡内人群拥挤，团丁们在王正道的指挥下纷纷登上东、南、西、北四个城门。绝大部分精锐被安排在东门的内城位置。王正道心里很清楚，倭寇的战力和残忍是非常可怕的，无论哪一个方位的城门被倭寇攻陷，整个永昌堡的军民都将面临灭顶之灾。

永昌堡东门外的倭寇正在调动人马，排兵布阵。黑洞洞的炮口和火铳对准了城门，更可怕的是倭寇还准备了三架简易方便的云梯，准备要全面攻城。

倭寇还使出了极其淫邪狠毒的一招，把在温州沿海村庄抓到的六名女子拉到永昌堡东城门外，扒光衣裳当众玩弄戏耍，胁迫永昌堡如果五更前不投降，将奸杀这几名女子。

王正道吩咐身边的女兵队长王意芝，抓紧抽调女兵队精干力量，负责有序组织堡内青壮年妇女，做好民团作战后勤保障服务工作，千万不要乱了阵脚。

王意芝得令后，马上去城内各片区开展工作，稳定广大妇女的情绪。

王正道一边设计拖延时间，一边焦急地等待援兵的到来。

此时，王正道派出的五名精悍团丁正分陆水两路风驰电掣般去搬运援兵。

陆路骑快马的两个人在途中遭到倭寇的伏击。两人拼死力战，绝不当俘虏，在砍杀掉三名倭寇后，两人都被倭刀刺中而伤重倒地，皆自刎而死。

水路乘坐的小型快船的三个人离永盛窑越来越近。

五更将至，从永昌堡城楼上射出一封书信，大意是王正道请求倭寇再宽缓半更时间，以更好地组织永昌堡军民有序出城投降。

倭寇头子"铁皮"假装忍无可忍，背地里派人抓紧把倭船上的炮弹运输到永昌堡城门外。"铁皮"誓要一举攻进永昌堡，给浙江以致命震撼。"铁皮"打的如意算盘是，砸碎永昌堡这座号称固若金汤的城池，周边州县的堡垒必将兵不血刃就能轻易攻取，那么，无数的黄金白银、珠宝瓷器、美女就会扑进怀里，声色犬马、纸醉金迷的生活就在前面招手。想到这里，"铁皮"发出了令人胆寒的奸笑……

"铁皮"命令一名倭寇弓弩手向城内射回一封书信，态度很强硬，五更就是五更，五更一到，要么永昌堡城门大开，要么倭寇发起总攻。

王正道咬紧牙关，命令精锐老团丁和预备新团丁按照一带三的比例，合计1200号人马布置在城楼上的各个要害部位，同时下死令务必坚守援兵到来。王正道的经验判断是，如果能够坚守半天以上的时间，援兵到来的概率很大。如果坚守不到半天时间，永昌堡被倭寇攻陷，那时，即使有援兵来支援，也会闻风而逃或者半路返回。毕竟，倭寇的血性战力不是吹出来的。

五更的钟声一响，永昌堡东城楼上鸦雀无声，团丁们打起精神，静候着倭寇的凶狠攻击。

蓦地，城门外的五门倭寇火炮集体发出了骇人的咆哮声，永昌堡城楼上多处被炸，多处起火。但是，在王正道的指挥下，团丁们并没有乱了阵脚。王正道命令30名强弩好手向倭寇炮阵齐射，同时命令埋伏在内城的两架土炮瞄准倭寇火炮阵地轰击，顿时，永昌堡居高临下的优势就发挥出来了，倭寇赶忙在盾牌手的掩护下拼命向后转移火炮阵地。城楼上的军民热情高涨，发出了阵阵叫好声。

但是，转眼间，倭寇便派出了云梯攻击敢死队和倭刀敢死队向永昌堡发起了凶狠进攻，只见倭寇的火铳队和弓弩队紧跟在后边掩护射击，让城楼上的新团丁惊慌失措，还好有精锐老团丁稳定军心，才不至于闻风而逃。倭寇的火铳和弓箭射击精准度很高，永昌堡团丁伤亡不断加大。

第十三章 永昌堡保卫战

当倭寇的一架云梯快速挂靠在城墙上，一小队手持雪亮倭刀的倭寇在火炮掩护之下像敏捷的猴子般攀爬，永昌堡情况危急，一旦让倭寇敢死队登上城楼，来个内外夹击，永昌堡就根本无法坚持到援兵的到来。

王正道急了，马上喝令身边的卫队去增援，不惜一切代价把云梯上的倭寇杀下城楼。永昌堡卫队是王正道手中的最大王牌，不在危亡之际是不会轻易动用的。20人的卫队伤亡过半，终于把第一批登云梯攻城的倭寇杀了下来。

王正道吩咐副手王之任去准备30只装了半桶桐油的油桶，准备逐批点火加热到沸腾，在最后时刻还倭寇以颜色。

在永昌堡苦苦坚守了3个小时之后，戚飞侠立马亲自率领96人的护窑队精锐乘坐5只快船启程奔赴永昌堡北门，潘朵朵由于听闻她的一位远方堂妹被这帮倭寇掠走，也请缨参战，戚飞侠同意她一起去，但依然安排潘朵朵的女子霹雳刀队留守永盛窑。

第二天清晨，天刚刚蒙蒙亮，戚飞侠率领的精锐便抵达了永昌堡北门，戚飞侠预测城门外可能有倭寇小队伏兵。因此，他谨慎起来，命令弓弩队一个三连发射击，刹那间，躲藏在隐蔽处的十多名倭寇便惊起四处逃窜，很快被戚飞侠的火铳队快速剿灭了。

戚飞侠很满意，他看到永盛窑的护窑队精锐战力大有提升。

在王正道苦苦支撑的时刻，戚飞侠率领的永盛窑精锐的到来无疑是最大的喜讯，永昌堡内的老百姓争相传告。戚飞侠拔出了耀眼的霹雳刀，快速指挥精锐们支援东城门上的王正道民团。

当东城门城楼上亮出一面打着"永盛窑"旗帜的战旗时，"铁皮"气得牙根痒痒，巴不得活剥了戚飞侠。

戚飞侠久经战阵，观察到这帮倭寇的实力非同小可，如果硬拼，很难有胜算。他征求潘朵朵的意见，潘朵朵说道："当务之急是要拖延倭寇集中攻城的态势，争取更多的时间来等待官军的到来。"戚飞侠看着潘朵朵，说道："英雄所见略同，很好。"

戚飞侠命令神箭手戚猛把一封挑战信射向敌阵，只见戚猛把强弩拉满弓，"嗖"的一箭，把白羽箭设在了倭寇战旗上。

"铁皮"看到挑战信上的两个字——单挑，立马火冒三丈，跳将起来，派出七名精壮的倭刀好手立在城门外，接受戚飞侠挑战。

戚飞侠毫无畏惧，见倭寇中了计，很是兴奋。

为了打掉倭寇的强悍锐气，戚飞侠决定剑走偏锋，和潘朵朵一起迎战。东城门打开了，只见戚飞侠和潘朵朵同骑着一匹快马立在倭寇阵前。

"铁皮"有点儿傻眼，倭寇们也惊诧不已。戚飞侠的威名令倭寇心惊肉跳，加上潘朵朵这样一个面若桃花、英姿飒爽的女子竟然也腰佩一把长刀在他们面前莞尔一笑。

"铁皮"历来是不怕单挑的，单挑是倭寇的拿手好戏。

"铁皮"派出的七名精壮倭寇先锋均是倭刀好手，还都是倭寇小队的小头目，其中包括"铁皮"的义子山本三郎。

天色逐渐放亮，永昌堡城上城下都擂起了急促的战鼓。

潘朵朵一个鹞子翻身，从马背飘了下来，立在倭寇阵前，宛如一支亭亭玉立的白玉兰。

七名倭寇先锋队中也跳出来一个又黑又壮的倭寇刀手。城上观战的兵民们，不禁替潘朵朵倒吸了一口冷气。

潘朵朵站立不动，轻蔑的眼光直逼那名倭寇刀手。

只见一团黑旋风手持雪亮的倭刀狠狠地扑向潘朵朵，刀光一闪，潘朵朵抽出的霹雳刀上便绽放出鲜红的血花，那名黑壮倭寇倒地不起。城上一片欢呼喝彩。

倭寇阵营中一阵唏嘘惊骇。

第十三章 永昌堡保卫战

很快，第二名，第三名，……接连五名倭寇小头目倒在了潘朵朵的闪电霹雳刀下。

这样的场面是"铁皮"从来没有见识过的，尤其是连续五名倭刀好手败在了一介女流手下，对于倭寇的士气打击绝对是致命的。

"铁皮"不甘心失败，他喝令第六名小头目出战，这是一名血债累累的倭寇快刀手，一看到血腥场面就狰狞兴奋。

只见这名快刀手蓦地拔出一长一短两柄倭刀，一个"猫儿滚"直攻向潘朵朵，潘朵朵料到来者的刀术精怪，便马上使出了七招"采莲刀法"的连环招式，单刀法和双刀法并用，刀尖与刀柄并用，有效化解了倭寇的长短刀合击刀法。

六招"采莲刀法"过后，两人依然分不出胜负。突然，潘朵朵一声轻喝，使出了"采莲刀法"中的绝招"凤点头"。戚飞侠在马背上准备出击，因为潘朵朵"凤点头"这招过后，如果还不能胜出，那就危险了。

"凤点头"一出，只见潘朵朵宛如凤凰飞舞在空中，让倭寇快刀手在眼花缭乱中滑倒在地，立马被潘朵朵的刀柄砸晕。

此时，"铁皮"的义子山本三郎像一股龙卷风刺向潘朵朵，如此厉害的身手确实让潘朵朵难以应对，加上接连败杀六名倭寇，潘朵朵有点儿气喘。

只见戚飞侠一声大喝，拔出的闪电霹雳刀砸飞了山本三郎的长刀。同时，戚飞侠闪电般一个南少林擒拿手，擒住了山本三郎。

倭寇士气大受打击，阵脚开始慌乱。

戚飞侠向东城门一招手，戚晨曦骑着一匹小黄马来到戚飞侠身边，戚飞侠通过戚晨曦用日语跟"铁皮"交涉，一是要求"铁皮"马上带着倭寇退走，并承诺城内民团不予追击；二是用山本三郎和那名倭寇快刀手换取被倭寇抢去的七名少妇，其中包括潘朵朵的一位远房表姐。

"铁皮"见识了戚飞侠的厉害，同时害怕"戚家军"等各路援兵的到来。"铁皮"的担心也不无道理，很快就有倭寇探子来报"戚家军"一队骑兵部队已在金华开拔往这边赶来。于是，"铁皮"暂且答应了戚飞侠的要求。其实，"铁皮"在心里发下毒誓，有朝一日，他非灭了永盛窑和戚飞侠不可。

第十三章
黑火药和瓷器展

此次永昌堡保卫战,充分展示了温州人的勇武精神和团队精神,令东海、南海区域大小岛屿上的倭寇大为震惊,在永昌堡保卫战之后连续三个月里都不敢对温州城进行袭扰。

戚飞侠闪电霹雳刀队闻名于大江南北,浙江、南直隶等地瓷器窑厂纷纷派人来永盛窑学习护窑队的组建、训练方法。

戚飞侠熟读《孙子兵法》《道德经》,深知"福兮祸所伏,祸兮福所倚"的道理。他抓紧提升永盛窑护窑队的实战能力,尤其是加强了快船队、火铳队的力量。同时,提请温州府批准永盛窑购置了四门小型火炮,隐蔽埋伏在永盛窑东、南、西、北四个方位。

这时候,朱篇从京城里专门派来的两名火炮训练专家已在争分夺秒训练永盛窑火炮小分队。

头脑灵活、懂得机械的戚晨曦被任命为火炮小队队长。

这段时间是戚飞侠睡得最香甜,也是工作最忙碌的时候,戚飞侠多次提醒手下人马,要时刻提防倭寇来袭,尤其是来自倭寇的血腥报复。

永盛窑后山的银杏林一片金黄,是个谈情说爱的好地方。朱珠、潘朵朵和女子霹雳刀队一边在林中开展实战演练,一边在闲暇休息时间欣赏美景。

潘朵朵看着朱珠拿着两片漂亮雅致的银杏叶在摆弄、发呆,心里涌起了千般滋味。潘朵朵想,朱珠手中的两片银杏叶,一片是朱珠，另一片是戚飞侠，而她潘朵朵则像一片游云，不知道此生在何处安身。

潘朵朵越想越不是滋味，就在银杏林中疯狂舞起了闪电霹雳刀法，刀风所到之处，银杏树叶翻飞如蝶。此刻，戚飞侠忙着带队在楠溪江边装卸货物，运出去的是瓷器，运进来的是茶叶、香料、绸缎。

朱仙镇很满意。永盛窑能在倭寇横行，明朝廷逐步禁止海运的形势之下，像傲立雪中的蜡梅，绽放出火红的姿容，的确值得欣慰。

戚飞侠在朱仙镇心目中的分量越来越重了。朱仙镇打心里喜欢戚飞侠的豪侠之气与雷厉风行的干事作风，如果朱珠能跟随戚飞侠一辈子，他朱仙镇就放心了。

这天午后，蔚蓝的天宇和蔚蓝的东海交相辉映，美丽的楠溪江上一派繁忙，舴艋舟、渔船、货船、护航快船来来往往，非常热闹。更加热闹的是温州港码头，大、中、小型船只云集，晶莹剔透的新款瓷器琳琅满目，被搬运工们小心翼翼地打包装运，抵达码头的载满香料、白银、珠宝原石的商船让人眼花缭乱，巴不得能拥有其中的几样。

朱仙镇知道，今天是温州府知府千金出嫁的大喜日子，许多商贾、船只是专程过来送嫁妆的。送了嫁妆，就不愁今后没有更大的生意可做。

朱仙镇是见过大世面的人，他亲自登门拜访知府大人，送上永盛窑最新研发的新品———一对高达三尺的青花观音瓶，不像其他商贾送上金银珠宝等俗物。

知府大人是个酷爱瓷器、珍玩的老派进士，高兴地一把握紧朱仙镇的双手，说道："知我者，朱窑长也。今后，若永盛窑有事，你尽管招呼便是。哈哈哈，下次令郎回乡，请早点告知与我，我亲自去接风啊！哈哈哈哈哈。"

朱仙镇说道："知府大人，永盛窑火铳队黑火药很是缺乏，我能否用白银购买一批来加强护窑力量？"

"没问题，先给你们三大箱吧，每箱25公斤，价格是每箱白银500两。"

朱仙镇喜上眉梢，因为黑火药太金贵了，不是有钱就能买到的，何况明朝廷每月严格分配给全国各地。由于近年来东南沿海倭患严重，所以才特发给温州府、广州府、扬州府、杭州府、苏州府等地足额的黑火药。

永盛窑护窑队拥有了这批极为金贵的黑火药后，战斗实力大增。朱仙镇、戚飞侠、汪一下、潘朵朵等核心人员一致赞同秘密扩建火炮队，把原先的4门小型火炮、15人火炮队扩充为6门小型火炮、2门中型火炮、31人火炮队，队员中大部分为护窑队的老队员。其中的一门新式中型火炮埋伏在后山的银杏林里，另一门埋伏在永盛窑东门位置。

这下子，朱仙镇便可大胆地昼夜生产一系列新款瓷器，包括小青花和大青花，来自东南亚和波斯湾等地瓷器商贾的订单源源不断，使得永盛窑成了海上丝绸之路上的一颗闪亮明珠。

东南亚、波斯湾瓷器匠与瓷器商人在贸易往来中，还花血本到永盛窑取经、交流技艺，甚至有瓷器商委托朱仙镇培养一批优秀瓷器匠，盛情邀请朱仙镇到海外讲如何做瓷器，但都被朱仙镇婉拒了。朱仙镇认为，外部环境不容乐观，如果没有一支强大的永盛窑护窑队，永盛窑早就被倭寇霸占甚至焚毁了。如果没有官方和民团的护航力量，海上丝绸之路的开辟和畅通无阻就是白日梦。

不过，为了向东西方传播先进的瓷器制造技艺，朱仙镇偶尔也会在各国各地瓷器商、瓷器匠云集温州府的时候,把握时机邀请各路人马到永盛窑参观整个瓷器制造流水线。只见整个永盛窑热火朝天,人声鼎沸,一派春满人间的生动景象——

练泥区域。只见一伙精壮汉子和三名女子把从矿区采来的瓷石——按照等级挑拣分类,先用铁锤将瓷石敲碎至鸡蛋大小的块状,再利用水碓舂打成粉状,反复淘洗,除去杂质,接着耐心沉淀后制成砖状的泥块。然后再用楠溪江水调和泥块,去掉渣质,用双手搓揉着,或用脚踩踏着,把泥团中的空气挤压出来,并使泥中的水分分布均匀。

拉坯区域。只见男女瓷匠们将泥团摔掷在辘轳车的转盘中心,随手法的屈伸收放拉制出坯体的大致模样。对此,朱仙镇认为,拉坯是成型的第一道工序,很关键,容不得半点儿马虎。

印坯区域。印模的外形是按坯体内形弧线旋削而成的,只见男女瓷匠们将晾至半干的坯覆在模种上,均匀按拍坯体外壁,然后脱模。

利坯区域。一伙技艺熟练地瓷匠将坯覆放于辘轳车的利桶上,转动车盘,用刀旋削,使坯体厚度适当,表里光洁,初见美感。

晒坯区域。只见十多名姑娘家将加工成型后的湿坯摆放在木架上晾晒。这些姑娘家身材窈窕,看似文静,实则个个身手不凡,都是潘朵朵手下的女子霹雳刀队队员,她们干起活儿来是瓷器工人,一练刀法、一上战阵,就是巾帼不让须眉的铮铮铁骨。

刻花区域。只见七名技艺超众的骨干瓷匠正在聚精会神地用竹、骨或铁制的刀具在已干的坯体上刻画出风格各异、细腻雅致、粗犷豪迈的花纹,有南方的小桥流水人家,有北方的大漠落日驼铃,有喜鹊立在梅花枝头叽叽喳喳,有才子佳人暗送秋波情意绵绵,引得八方来客流连忘返,舍不得挪动脚步。

第十三章　黑火药和瓷器展

施釉区域。只见普通圆器采用醮釉或荡釉，琢器或大型圆器用吹釉。朱仙镇撸起衣袖，亲自示范表演，因为这是定位瓷器品级的一个重要环节。

在永盛窑的烧窑区域，两口 80 米长的龙窑依着山势而建，很是漂亮雄伟。龙窑又称长窑，多依山坡或土堆倾斜建筑，窑长多在 30—80 米之间，形似长龙，故称龙窑。

最后，八方宾客在朱仙镇的陪同参观下来到了烧窑区域，只见两名资深瓷匠正带领 30 多名工匠把陶瓷制品小心翼翼地一件一件地装入匣钵。朱仙镇细心介绍道："匣钵是陶瓷制品焙烧的容器，以耐火材料制成，作用是防止瓷坯与窑火直接接触，避免污染，尤其对白瓷烧造最为有利。烧窑时间过程约一昼夜，先砌窑门，点火烧窑，上好的燃料是松柴，并且要时刻测看火候，掌握窑温变化，以决定停火时间。"

朱仙镇高兴时，也会小露几手，以展示技艺，引得众人连声称赞。

还有瓷器商贾起哄让朱仙镇的千金朱珠出来表演，朱珠抿嘴回眸一笑，说了声："小女子献丑了。"演绎出了双鹊长嘴壶的精彩，展示出了瓷器无与伦比的魅力，让众人惊叹不已，宛如时空刹那间定格在了美好和神奇。

那边，戚飞侠的闪电霹雳刀队六人刀法实战演练，吸引了众多海外客人的目光，永盛窑这种"亦商亦武"的生产经营模式引起了他们的极大兴趣。

第十四章
血战永盛窑

"铁皮"不甘心失败,在退居珊瑚岛的三个多月里,咬牙切齿,联络各方倭寇势力。"铁皮"这次可是做好了背水一战、破釜沉舟的准备,他吩咐手下后勤头目变卖掉近年来抢掠而来的大量金银珠宝、古玩珍奇,到东南亚黑市上去换取新款火铳、火炮和黑火药,甚至把几十名抢过来的女子也变卖换取武器装备。

"铁皮"联络到广岛本土倭寇头子阿部之花和小舟岛上绰号"野狼狗"的倭寇头子,暗中筹划商量选择时机偷袭永盛窑,想一举歼灭永盛窑,以报永昌堡之战失利之仇。

"铁皮"连干三大碗日本清酒,红瞪着眼对阿部之花和"野狼狗"说道:"一旦袭击永盛窑得手,所有瓷器精品和金银珠宝都归两位老兄,老子只要永盛窑的女人!"

阿部之花和"野狼狗"发出了阵阵奸笑。

很快,"铁皮"就联络纠集了600多名倭寇,还重金偷渡购置了1门新款重型火炮和6门小型火炮,以及97条火铳,实力大大增强。"铁皮"吩咐手下各兵种要加紧操练,做到步炮协同作战,倭刀队随后冲锋刺杀,发誓要把永盛窑变成一座"血窑",让浙东等地区的明军、民团闻风丧胆,均臣服于他。

这是一场即将到来的狂风暴雨和大屠杀,这是倭寇精心谋划的疯狂报复。

这一年的农历除夕之夜,温州府、永嘉县等地家家户户张灯结

第十四章　血战永盛窑

彩,一幅家人团圆、把酒言欢的景象。

由于近几个月来,海上风平浪静,倭寇影子都看不见了,因此,温州府卫所里的兵士们很是懈怠,很多人喝得醉醺醺的,甚至有兵士到城里寻欢作乐去了,江心屿等几个关键哨卡里的警备力量显得很单薄。

"铁皮"安插在温州城里的汉奸、暗探杜矮狐等人频繁活动,约好四更时分发射三支火箭为信号弹,若三支连发,则为"全力进攻"信号。

永盛窑事业蒸蒸日上,不仅促进了商贸、文化交流,而且解决了一大批劳动力就业。永盛窑还积极参加救济、公益事业,赢得了官府、民间的普遍褒奖。

戚飞侠的年夜饭是在永盛窑的大食堂里吃的。戚飞侠对永盛窑的防倭工作抓得更紧了,他自己以身作则,决定除夕到正月十五都在永盛窑里度过。由于风俗习惯,除了戚飞侠从戚家村带出来的68名亲信也陪同他在永盛窑过除夕夜,特别是戚晨曦的火炮小队都留下来了,其余瓷器匠、护窑队队员都已安排回家过年过节,直到正月初五才会陆续归队。

永盛窑的内外哨卡轮流值班有序进行,除夕夜放哨薪酬翻倍。戚飞侠刚刚查哨回来,只见年夜饭早已准备完毕,众人只等他一到就开席。

朱仙镇给戚飞侠、朱珠各夹了一块玫瑰年糕,招呼大家吃喝。场面热闹非凡,猜拳的、敬酒的、说笑的,不亦乐乎。

众人欢闹到了两更半才陆续回房休息。

戚飞侠站在永盛窑中央最高的三层哨楼上向一江之隔的温州城望去,烟花、爆竹声依然没有消停。瓯江两岸停泊着几十只各色船只。永盛窑派出的两只巡逻舴艋舟在来回游弋着,船上领队的是潘朵朵，今年的除夕之夜她自告奋勇负责江上放哨，戚飞侠打心里佩服潘朵朵的勇敢。

戚飞侠知道"海上花"近几天将会回来找他。前段时间"海上花"的三艘大货船正在波斯湾港口城市航行，这可是一笔很大的生意，成本高利润更大，当然风险也不小，即使一帆风顺，来回一趟的时间少说也得三个月，其中还少不了海上航行、风暴、装货、卸货、生意洽谈、防御倭寇海盗来袭等因素。戚飞侠的脑海中闪现出"海上花"的妖娆艳丽、泼辣能干，朱珠的婉约秀美、才艺超群，潘朵朵的丰腴性感、刀法犀利，他不由地叹了一口气。

"海上花"毕竟在东海里救了戚飞侠和他的手下人马，并且他和"海上花"有婚娶誓言为凭证。"海上花"上次离开温州港码头时，妩媚地对戚飞侠说："波斯湾之行回来，这海上生意我就不做了，我要跟着你过一辈子。还有，不准你娶别的女人，不准你对别的女人好。""海上花"何等聪明，她自然能打听到朱珠和戚飞侠的情感故事。

戚飞侠想，如果"海上花"过来找他，他就得开诚布公地向朱珠摊牌。戚飞侠心里非常矛盾，他从哨楼上下来，叫上戚晨曦一起到江边走走。戚晨曦感谢戚飞侠的牵线，尤其是促成了他和刘可珍的好事。戚晨曦对戚飞侠说："戚大哥，我爹娘同意我和刘可珍的事情了，已安排好正月十五到刘可珍家谈婚事。"戚飞侠拍了拍戚晨曦的肩膀，说道："好兄弟，到时候我给你俩准备一样礼物。"

两人就这样有说有笑地散步在瓯江北岸。只见不远的江面上，潘朵朵带领的两只哨船在警惕地游弋着，瓯江两岸茂盛的水草丛中发出了夜鸟的叫声。

接近四更时分，戚飞侠叮嘱戚晨曦要妥善安排好火炮小队的守卫工作，确保永盛窑东、南、西、北四个方向都有人在火炮隐蔽位置待命，防御倭寇来袭。

随后，戚飞侠又登上了核心哨楼，巡视周边，正当他下楼准备稍事休息的时候，听见江心屿的上空响起了三声呼啸，只见三支火箭腾空而起，在夜空中显得特别耀眼。

戚飞侠当机立断敲响哨楼上的铜锣，只见温州港附近突然闪现出数十只倭寇快船，以小型快船为主，穿插着两艘中型船只，正往永盛窑这边飞驰而来。对于倭寇的船只，戚飞侠一眼就能看穿，他根据船队的队形和数量，判断这伙倭寇是训练有素的，数量不会少于500人马。

在铜锣声的警示下，戚晨曦等护窑队员很快就集合完毕。连朱珠都被惊醒了。

戚飞侠预感这是倭寇对永盛窑的报复，情况万分危急。他拔出了一支短柄火枪，快速下达战斗指令，派戚猛率领三只火攻快船赶赴瓯江和楠溪江的交汇口，和朱珠一起做好第一波防卫。命令火炮队长戚晨曦负责后山由两门中型火炮构建的核心火炮阵地，命令火炮队副队长汪栋梁负责永盛窑东、南、西、北由五门小型火炮构建的隐蔽阵地，其中东门配置了两门最新型的火炮。命令弓弩队和闪电霹雳刀队整装待发，等候他的指令。同时，戚飞侠还派出了两名精壮的队员，骑上快马到温州府卫所和永昌堡，请求援兵支持。

戚飞侠心里明白，以目前留守的战力，要想在永盛窑里坚持一天一夜，也是非常困难的。朱仙镇紧紧地握住戚飞侠的手，嘱咐他千万要小心行事。戚飞侠点了点头，说道："我戚飞侠誓死保卫永盛窑，绝不让倭寇攻进来！"

很快，倭寇的快船准备在瓯江北岸的清水埠登陆，一旦登陆成功，就会直接抄近路向永盛窑杀过来。

戚飞侠密切注视着瓯江北岸江边的位置。

蓦地，只见高达六尺的芦苇丛中杀出了永盛窑护窑队的三只精锐火攻快船，当火攻船距离倭船只有十多米时，三名永盛窑精锐队员立马跳进江中，很快就隐蔽在附近的快船里面。

在倭寇们惊诧的片刻，朱珠和两名弓弩手闪电般向三只火攻船射出了霹雳火箭，几声"震天响"中，霹雳火箭燃爆了火攻快船上的黑火药，三只火攻船就像三团熊熊燃烧着的火球在倭船中遍地开花，清水埠码头的江面上顿时火光冲天，一片鬼哭狼嚎，倭寇船队在顺风的情况下损失很大，当场被燃爆、火烧了七八只。

朱珠命令两只哨船上的弓弩手把弓箭全部齐射向倭船，当场射伤射毙了一批倭寇。朱珠随即下令哨船马上撤退。

"铁皮"站在一艘中型倭寇快船的甲板上，龇牙咧嘴地看着火光冲天的江面，心里恨不得一口吞掉戚飞侠和永盛窑。他命令倭寇船队分散队形，避开清水埠码头，朝朱珠哨船撤退的方向追击。

朱珠哨船撤退的路线是瓯江与楠溪江的交汇口方向，恰恰是在永盛窑的东南方。

戚飞侠在永盛窑核心哨楼制高点上看到了战斗场面，心里不由得大喜。因为，倭寇船队被朱珠的哨船吸引了过来，这段楠溪江的江面比较狭窄，江水不深，一旦倭寇船队进入这里，将会行动缓慢，而且不利于一字形铺开进行火炮轰击。更关键的是，永盛窑东门的两门新款小型火炮和后山银杏林中埋伏的中型火炮阵地的炮口将直接对准楠溪江面上的倭寇船队轰击，能最大程度发挥永盛窑火炮队的威力。

戚飞侠下令，东门的两门火炮装填炮弹，把炮口瞄准倭寇船队中的两只先锋快船。同时，精通火炮要略的戚晨曦已下令装填炮弹，把两门中型火炮的炮口直接瞄准了倭寇的中型快船，按照以往的战斗经验，倭寇首领往往会在大船上坐镇指挥。

第十四章　血战永盛窑

宛如天崩地裂，交战双方的火炮各自发出了怒吼，炮战全面爆发。由于戚飞侠和戚晨曦指挥得当，先发制人，率先瞄准倭船发炮，当场击毁击沉了三只倭寇先锋船。尤其是永盛窑东门的两门新款小型火炮精准度很高，埋伏在凤凰山上银杏林里的两门重型火炮杀伤力很大，第一轮炮战过后，倭船被迫退出了楠溪江。"铁皮"命令手下人马重整旗鼓，誓要一举拿下永盛窑，为死去的弟兄们报仇。

"铁皮"豁出去了，第二轮进攻竟然让三只主力快船打头阵，把配置有重型火炮的指挥快船紧跟在后面，企图用重炮摧毁永盛窑的火炮阵地。同时，十多只倭船在抵达瓯江北岸清水埠码头后，以火铳队为前锋，排成战斗队形向永盛窑进击。

很快，第二轮炮战开始了，精锐善战的永盛窑火炮队在倭寇火炮实力占优的情况下，坚守阵地，个个威猛勇敢。

倭寇重炮威力无比，发出的两发炮弹落在了银杏林中，掀起的土层溅落在永盛窑里，金黄的银杏叶在空中漫天飞舞。

戚飞侠担心戚晨曦指挥的中型火炮阵地的安危。还好，银杏林中的火炮阵地早已在第一轮炮战后就转移了阵地，两门火炮正在另一处隐蔽阵地里快速调整炮管高度，准备向倭寇轰击。

银杏林的静默，让"铁皮"误认为永盛窑最有威力的火炮阵地已被重炮摧毁，于是"铁皮"命令倭寇火铳队、倭刀队大胆快速往永盛窑冲击。

戚飞侠在永盛窑城堡里有条不紊地排兵布阵，东门的一门火炮在炮战中被炸毁，伤亡两人。

永盛窑的一座龙窑被一发中型炮弹炸中，导致永盛窑内狼藉不堪，地上、屋顶满是碎瓷片和陶泥块，散落的瓷片似在风中哭泣，宛如受伤的蝴蝶。但是，永盛窑内的人马没有一个人惊慌失措，反而都拿起武器，准备给来袭的倭寇以致命一击。潘朵朵潜伏在戚飞侠身边，透过火铳射击孔观察着倭寇火铳队和倭刀队的行踪，身上大汗淋漓，早已湿透了单薄的衣装。

有探子向"铁皮"报告，阿部之花和"野狼狗"带领的26只快船已经攻陷并占领了明军设在江心屿的哨所，正准备向这边支援。

"铁皮"顿时来了精神，喝干三大碗日本清酒，擦了擦嘴巴，拔出一把雪亮的倭刀，声嘶力竭土地下令全面进攻永盛窑，悬赏第一个攻进永盛窑的黄金50两、美女三个。于是，只见300多名倭寇疯狂地向永盛窑涌来。

戚飞侠迅速命令用火牛阵冲击倭阵。只见八头强健的黄牛、水牛排成两队，牛尾巴上都挂着一串温州本地产的霹雳鞭炮，牛角上系着雪亮的尖刀。戚飞侠下令打开永盛窑南门，点着牛尾巴上拴着的鞭炮，驱赶牛群向倭寇冲击。在牛群的横冲直撞下，倭寇战阵出现了混乱。这时候，戚晨曦指挥的中型火炮的三发炮弹砸中了"铁皮"坐镇的指挥船"樱花号"，"铁皮"被弹片刮破了额头，鲜血直流，但他在稍事包扎后就更加凶狠地组织倭寇敢死队向永盛窑进攻。

倭寇敢死队用火铳打死了牛群后，像矫健的黑猴子一样向永盛窑南门气势汹汹地扑了过来。最先抵达永盛窑南门城墙下的十多名老倭寇叠起人梯爬上了城墙，但很快被戚飞侠率领的弓弩队和长枪队赶了下来，摔死摔伤过半。

这时候，交战双方的火炮都静了下来，戚飞侠判断倭寇的炮弹即将用尽。此时，戚飞侠很清楚，炮战过后就是短兵相接，将会血流成河。他吩咐火炮队把最后的几发炮弹留到倭寇攻城最凶狠的时刻用。

第十四章 血战永盛窑

在第二批倭寇敢死队10多人准备叠人梯攀爬上城墙的时候，戚飞侠当机立断以攻为守，派出了13名精锐的霹雳刀队队员，在潘朵朵的带领下冲向第二批倭寇敢死队，一阵激烈的刀战过后，将第二批倭寇敢死队全部斩杀，但霹雳刀队队员也伤亡过半。戚飞侠咬紧牙关，最后的战斗即将到来。戚飞侠想："哪怕战斗到最后一个人，永盛窑也绝不会屈服于倭刀的淫威之下！"

戚飞侠看着"铁皮"指挥的倭寇战船队经由楠溪江即将抵达永盛窑东边的南溪水埠头时，随即下令火炮队瞄准倭船打光所有的炮弹。

戚飞侠早已做好了决一死战的准备，他吩咐潘朵朵护送朱珠从永盛窑的暗道转移到安全的地方。朱珠很生气地说道："戚飞侠啊戚飞侠，你不要看不起我们姑娘家！我绝不会当逃兵溜走的！也不会当俘虏丢了永盛窑的威名！"旁边站立着的潘朵朵神情冷艳，附和着朱珠的话语。戚飞侠拗不过她俩，朱珠和潘朵朵在他心目中的分量都很重，他打心里舍不得两位姑娘受到任何伤害。戚飞侠始终认为，战争必须得让女人走开，走得越远越好。

只见，一阵刺耳的炮声过后，火炮队又击中了三只倭船，燃烧起来的火柱很是吓人。燃起熊熊火光的倭船上的倭寇纷纷跳船，会游泳的往江边或附近船只游去，不会游泳的在水中挣扎扑腾。

这时候，打光炮弹的戚晨曦吩咐两名队员守住银杏林中的哨楼，便迅速率领火炮小分队的队员往山下狂奔，他们要赶在倭寇之前从永盛窑北门进入，及时支援戚飞侠。

天已渐渐放亮，一江之隔的永昌堡闻讯，马上擂响城楼上的牛皮大鼓，吹响紧急集结哨。王正道感恩上次永昌堡保卫战之中戚飞侠的"雪中救急"，准备亲自率领新组建的两个火炮分队和火铳队袭击倭寇后路，以减轻戚飞侠的正面防御压力，斩断倭寇弹药供给。

突然,瓯江南岸和江面上响起了一阵短促激烈的交战声。戚飞侠在哨楼上看到了一面在江风中飘扬的"戚家军"旗帜,心里一阵狂喜。"戚家军"乃倭寇克星,"戚家军"一到,倭寇岂有不败之理!

"铁皮"正要命令以战船上的火炮开路,手下人马全力攻击永盛窑时,也发现了即将支援他的倭寇联军被"戚家军"水军阻挡在了半路,"铁皮"一下子像漏了气的气球,有点儿垂头丧气。

"铁皮"仔细观察后,发现"戚家军"大概只有一个小队,共计30人,便大喝一声:"戚飞侠,不管你是会飞的侠还是不会飞的侠,老子今天跟你小子非鱼死网破不可!"

"铁皮"命令倭寇火铳队发起集体冲锋。

戚飞侠赶紧下令所有护窑队队员埋伏在城墙隐蔽位置,不要探头和倭寇硬碰硬,等倭寇火铳队临近永盛窑城墙二三十米的地方,采用强弩攻击,当倭寇距离城墙三五米时换用火烧油桶、狼牙棒、檑木攻击。

战斗如火如荼地进行着,回去过除夕的戚丁等40多名精锐队员纷纷紧急归队,让戚飞侠很感动。戚飞侠紧紧拥抱住得力助手戚丁,命令他担负永盛窑西门、北门的守卫。戚丁等人的到来,让永盛窑实力大增。

戚飞侠的战术很有效,倭寇火铳队在付出十多人伤亡的代价后,暂时休整待命。

温州府的百姓有出来观战的,还有自愿参加救死扶伤担架队的,或者敲锣打鼓助阵,或者运送刚出锅滚烫的麦饼等干粮支援永盛窑杀寇闪电霹雳刀队的。咬一口喷香的永嘉麦饼,抗倭的雄心壮志便油然升起。

第十四章 血战永盛窑

温州府卫所的官兵虽然多次见识过倭寇的铁血战力，但对于倭寇的暴行无一不咬牙切齿，许多人的亲属或者同乡都遭受过倭寇的残暴抢掠烧杀，导致他们背井离乡，流离失所。但是，温州府卫所的官兵此时此刻依然在卫所里原地待命，殊不知其千总娄三多早就被"铁皮"的重金、美女收买，成了名副其实的汉奸。娄三多老奸巨猾，他知道只要按兵不动，见死不救，事成之后，"铁皮"必将大大赏赐。

戚飞侠让潘朵朵趁早护送朱珠转移到安全地方的安排不无道理，戚飞侠是个干事脚踏实地的青年才俊，他不会无缘无故地担心，也不会无缘无故地打退堂鼓。

由于永昌堡刚组建不久的火炮队经验不足，不幸陷入倭寇的包围圈之中，处于自身难保的危险境地。

"戚家军"小分队虽然勇猛，以一当三，但是倭寇联军人数占据了绝对优势，而且老倭寇人数比例很大，战斗经验丰富，个个不怕死，因此，"戚家军"小分队渐渐阻拦不住大部倭寇往永盛窑进击的态势。

戚飞侠最为担忧的事情终于发生了。倭寇联军乘坐30多只大小快船成尖刀阵战斗队形突破"戚家军"小分队阻拦，猛地向瓯江北岸的永盛窑狠狠扑了过来，乌云压顶之态势。

按照目前的态势，永盛窑根本撑不过今天正午时分，除非天助，戚飞侠发出了一声长叹。

此时，历经三个月海上长途航运贸易的"海上花"的大货船正抵达温州港码头，"海上花"穿着一套在波斯购买的时髦秋装，站在船头的瞭望甲板上，吹着江风，想念着戚飞侠。很快就能见到她日思夜想的戚飞侠了，"海上花"心花怒放，白里透红、桃花般妩媚的脸上露出了甜甜的笑意。她这趟贸易生意可谓一帆风顺，途中只是遇到几股小的海盗，满载的上好瓷器、丝绸、茶叶都完好无缺地抵达东南亚和波斯湾诸港口城市，并且很快就销售一空，换取了黄澄澄的金子、雪灿灿的银子和上品香料、珠宝。利润惊人，足够她和戚飞侠过上富足的生活。她曾跟戚飞侠说过，海上的风浪说来就来，海盗来去无踪，可不是一般女儿郎长期过的生活，她渴望有一个温暖的家的港湾，拥有一个伟岸男子的温暖怀抱。

"海上花"惊讶地发现，以往热热闹闹的温州港码头今天怎么如此的冷冷清清，一打听，才知道瓯江北岸战火纷飞，她马上想到了戚飞侠，再一打听，确认是一支人数庞大，实力雄厚的倭寇联军在疯狂袭击永盛窑，领头的倭寇首领就是她昔日再也熟悉不过的"铁皮"。

"海上花"秀眉一扬，顿时火冒三丈。

"海上花"曾经在"铁皮"落草为寇的穷困潦倒生涯中给以援助，是有恩于"铁皮"的。如今，这个"铁皮"野心膨胀了，竟然要攻袭永盛窑，这岂不是要跟她"海上花"作对吗？！

"海上花"马上带着70多号老班底精锐人马，乘坐两艘中型六桅杆快船，鼓足船帆，打出"海上花"旗号，直驱瓯江北岸，驰援永盛窑。

"海上花"旗号一出，有人惊呼女海盗来啦，永盛窑此次难逃劫难；有人欢呼，永盛窑的救兵来啦，倭寇难有胜算；有人坐山观虎斗，在心里打着小算盘，企图坐收渔翁之利。

中型六桅杆快船速度很快，离瓯江北岸越来越近，离永盛窑也越来越近。戚飞侠看着"海上花"旗号，心里五味杂陈，喜的是"海上花"支援永盛窑，永盛窑将平安无事；忧的是"海上花"一来，儿女情长都要算得清清楚楚、明明白白，搞不好还会出大事。

戚飞侠知道，快刀斩乱麻根本行不通，走一步想三步，随机应变才是正事、要事。

"海上花"的旗号很大，两艘中型六桅杆快船抵达瓯江北岸清水埠码头的时候，一支13人的倭寇刀队已经闯进永盛窑，情势万分危急。如果不及时剿灭这股倭寇，永盛窑将腹背受敌，困难重重。

朱珠也拿起了青锋剑，准备厮杀。

戚飞侠紧急命令戚丁、潘朵朵各自抽调26名精锐队员，以二比一的人马优势在尽量短的时间里清除掉这小股倭寇。

只见永盛窑里霹雳刀和倭刀霍霍向对，激烈厮杀格斗，发出了骇人的惨叫声和金属的碰撞声。戚丁、潘朵朵关键时刻拼死决战，在不到一刻时间里，斩杀了八名倭寇，重创了五名倭寇，同时，永盛窑护窑队的王牌闪电霹雳刀队也重伤三人，轻伤两人。永盛窑内血腥味儿呛人，朱珠赶紧派永盛窑中的两名土郎中去救治伤员。朱仙镇也懂得一些医术，忙碌得喘不过气来。

倭寇探子早就禀告"铁皮"，"海上花"一帮人马往这边赶来，人数约七八十人，有刀队和毛瑟枪队，尤其是新装备的新式西洋毛瑟枪，威力极大，绝不是一般火铳可以媲美的。

"铁皮"料想"海上花"此次过来，最大的可能就是要趁机分得一羹，甚至想独霸永盛窑资源，却根本不曾知晓"海上花"和戚飞侠之间的关系。

"铁皮"考虑"海上花"曾经有恩于他，更要命的是"海上花"实力雄厚，手下兵强马壮，特别是毛瑟枪让人胆战心惊。因此，"铁皮"顾不得战情紧急，亲自去接风"海上花"。

让"铁皮"惊诧的是，"海上花"连看都不看他一眼，就径直指挥手下往永盛窑赶去。

没有"铁皮"的命令，他手下的倭寇是不敢拦阻"海上花"的。

但是，此番倭寇联军中的实力派阿部之花和"野狼狗"两股倭寇势力却不买"海上花"的账。在"铁皮"等人和"海上花"打照面的时候，阿部之花和"野狼狗"两股倭寇势力的先锋近100人在永盛窑护窑队伤亡已近三分之一，人马疲惫不堪之际，吼叫着杀进了永盛窑防御力量相对薄弱的西门，大部倭寇也趁势疯狂攻击东门。

整个永盛窑危在旦夕。

戚丁、潘朵朵、戚晨曦、戚猛等人率领永盛窑精锐依托中心哨楼和地形展开猛烈的绝地反击。

永盛窑内一片刀光剑影，厮杀声震天动地。

"铁皮"眼看阿部之花和"野狼狗"得手，很不甘心落后。按照他们三股倭寇势力的约定，谁先攻进永盛窑将会拿到更多的分红筹码。"铁皮"很着急，命令手下人马组成敢死队，卸掉辎重，轻装上阵，攻击东门准备生擒戚飞侠和朱珠等人。"铁皮"的心里在美滋滋地打着小算盘："霸占朱珠这个远近闻名的大美人儿是一件多么令人兴奋的事儿啊！"

在永盛窑腹背受敌之际，"海上花"一帮人马终于赶到了西门外。

"海上花"远远地看见戚飞侠奋力厮杀，心里万分焦急和心痛。

只见"海上花"大喝一声："谁人胆敢伤戚飞侠，休怪我'海上花'无情！"

阿部之花和"野狼狗"两股倭寇联军不仅竟然无视"海上花"的警告，而且还让手下倭刀队阻挡"海上花"等人闯进西门。

倭寇联军岂能抵挡得住"海上花"的精锐人马，毛瑟枪队一个排射，就突破了倭寇联军的拦阻，冲进了永盛窑。

现在轮到了倭寇联军陷入腹背受敌境地，戚飞侠对"海上花"

第十四章　血战永盛窑

大喊一声："干得好！"

"海上花"向戚飞侠妩媚地笑了笑，指挥手下人马一边封堵西门，一边围剿倭寇联军。双方交战非常激烈，除了小部倭寇扔掉武器投降，大部倭寇在占据的一座龙窑和哨楼里顽抗，双方人马伤亡加重。

"海上花"吩咐副手阿郎台围困住这帮倭寇，自己带着20多名精锐赶到戚飞侠坚守的东门，帮助戚飞侠打退"铁皮"手下敢死队的连续两波凶狠攻击。"海上花"兴奋地去拍打戚飞侠的肩膀，像是有很多心里话想跟戚飞侠说。

此时，阿部之花手中的火铳正在偷偷瞄准"海上花"，准备射出致命的枪弹。旁边的朱仙镇看到了龙窑里探出的那支火铳枪口正对准"海上花"所处的位置，赶紧跑过去提醒。

此时，一声枪响，火铳枪口里冒出了一股青烟，朱仙镇应声倒地，重重地从东门城墙上掉落到了永盛窑的大院里，伤口从后背贯穿到了左前胸，鲜血汩汩喷涌出来。

朱仙镇为"海上花"挡住了暗处的致命一枪。

朱珠从永盛窑暗堡里看到这一场景，差点儿当场晕了过去，她要冲出去扶起父亲，潘朵朵只得冒险亲自掩护她出去。又一声火铳闷响，阿部之花手中的火铳击中了朱珠的左大腿。此时，戚飞侠也已经赶到朱仙镇身边。

"海上花"对龙窑里倭寇的暗枪袭击大为恼火，命令手下精锐把20多支毛瑟枪对准龙窑打暗枪的位置，集中火力压制。龙窑中传出了一片鬼哭狼嚎声，但是倭寇依然不投降。

朱仙镇大口大口地喘着粗气，断断续续地吩咐把永盛窑交托给戚飞侠和朱珠，要他俩悉心经营好永盛窑，为当地多做善事。说完，朱仙镇便咽气了，一代瓷器界泰斗的一生在抗倭战斗中宣告落幕。

这时候，南门被"铁皮"的倭寇敢死队攻破，70多名倭寇涌了进来，大部为手持雪亮倭刀的倭寇刀队。

倭寇和永盛窑护窑队纠缠混战在一起，使得"海上花"的毛瑟枪队不敢随便射击，怕误伤戚飞侠的人马。

戚飞侠一跃而起，拔出祖传的霹雳宝刀，宛如一道闪电刺进了倭寇群中，他身边的倭寇像秋天里被收割的麦浪一般纷纷倒下。

"海上花"担心戚飞侠的安危，也赶紧冲进倭阵和戚飞侠联手杀敌。

此时，"铁皮"也持刀杀了进来，他刀锋一抖，直扑向戚飞侠。戚飞侠正在使出"八锋刀法"斩杀倭寇，完全没有发现"铁皮"在背后袭击他，情况非常危急。

当"铁皮"的倭刀狠狠刺向戚飞侠时，"海上花"一个鱼跃扑倒了戚飞侠，把戚飞侠压在了她的身子之下。"铁皮"刀法精湛凌厉，立马刀锋一转，刀口向下，狠狠地刺穿了"海上花"的右胸。戚飞侠从"海上花"身下一个"卷地葱"，滚出两米外迅速跃起，一刀刺中"铁皮"的心口，速度之快宛如电闪雷鸣，"铁皮"来不及招架，立马毙命。戚飞侠赶紧抱起"海上花"，只见"海上花"的上衣早被鲜血染红浸透，她替戚飞侠挡了暗处的致命一刀。她向戚飞侠露出一丝无怨无悔的笑容，拼尽全力地把右手放在戚飞侠的左手上，而后便香消玉殒。

万物都是有着灵气的。此时，空中传来几声凄厉的鸟鸣，只见"海上花"的两只金雕宛如两支利箭，直砸向倭寇战阵之中。随着倭寇群中发出一阵阵令人毛骨悚然的惨叫，两只愤怒勇猛的金雕用它们锋利的鹰爪和尖刀似的鹰嘴狠狠地啄瞎倭寇的眼睛，抓烂倭寇的脖颈，其中四名倭寇的颈动脉被鹰爪撕裂，眨眼间喷射出骇人的血柱。趁着倭寇们惊慌失措之际，戚飞侠咆哮着指挥一支闪电霹雳刀队趁机往倭寇群掩杀过去，个个奋勇争先，如入无人之境，直杀得倭寇群人仰马翻，血流成河。

突然，永盛窑外人马喧嚣，只见打着"苗"字旗号的一帮人马把倭寇驱赶得四处逃亡。戚丁在钓鱼岛之战中见过领头的紫衣女侠一面，顿时喜出望外，来了精神，命令闪电霹雳刀队一鼓作气，重新夺回了被倭寇联军占据的哨楼。此刻龙窑里顽抗的倭寇就成了瓮中之鳖，探出了一面小白旗示意投降，还噼里啪啦扔出了部分火铳和倭刀、弓弩。当戚猛等三人上前走近受降时，竟被龙窑里的倭寇顿时射杀。眼看着弟兄们惨烈地倒在龙窑洞口，戚飞侠命令集中十多支火铳和弓弩封住龙窑口，封死这股顽敌。

东门城墙下，潘朵朵为了保护大腿血流如注的朱珠撤回暗堡，不幸被倭刀刺穿左胸。潘朵朵强忍剧烈的疼痛，终于还是安全保护朱珠撤到了暗堡里。

潘朵朵手持霹雳刀冲出暗堡，急于去找永盛窑土郎中来救治朱珠，但半途中昏迷摔倒在了瓷泥坑里。

这时，尾追而来的倭寇头子"野狼狗"带着20多名强悍人马企图攻占永盛窑暗堡，俘获朱珠等人，胁迫戚飞侠束手就擒。

危难之际，戚丁指引紫衣女侠率领手下精锐向"野狼狗"等人发起了强劲的攻击，当场剿灭了"野狼狗"过半的人马，其余的四处逃散。

紫衣女侠弯腰走进暗堡，一眼就瞥见流血过多，脸色苍白，嘴唇干燥，发出痛苦呻吟的朱珠，紫衣女侠赶紧吩咐手下医官递过来三小袋的白药和白纱布，熟练且快速地清洗朱珠左大腿上的刀伤，后撒上白药，再用厚厚的白纱布系紧，最后从身上的一只小葫芦里倒出几颗药丸，让朱珠服下。朱珠依靠在紫衣女侠的怀抱里，感到了无比的温暖和久违的安全感。朱珠觉得在钓鱼岛海战中似曾见过紫衣女侠,她想对女侠说几句话,但是由于身体虚弱却发不出任何声音。

紫衣女侠慈爱地抚摸着朱珠的秀发和圆月般美丽的脸庞,眼里竟然湿润了。紫衣女侠把朱珠交给了刘可珍等人,就询问起朱仙镇的下落。

当她听闻朱仙镇已被倭寇火铳射杀之后,发疯一般地带领手下人马冲出暗堡,向残余倭寇发起了致命的攻击。紫衣女侠痛恨龙窑里以阿部之花为首的凶残至极、垂死挣扎的倭寇精锐,她下令把两大包点着导火线的黑火药投掷进长达50米的龙窑隧道,同时命令众人卧倒在隐蔽地带,只听见轰隆隆几声巨响,整座龙窑坍陷下来,伤重挣扎的阿部之花刚一探头,就被紫衣女侠的强弩射杀。

戚飞侠终于在瓷泥坑里找到了奄奄一息的潘朵朵,他不顾男女授受不亲的规矩,赶紧撕开潘朵朵的胸衣,只见潘朵朵的左胸被倭刀刺得血肉模糊,鲜血淋漓。戚飞侠从身上掏出一支小巧玲珑的白玉观音瓶,瓶中装有上好的止血疗伤良药——金疮药粉。他把半瓶金疮药粉撒了潘朵朵的左胸伤口上,然后用软布条小心翼翼地包扎好。潘朵朵斜躺在戚飞侠的怀里,她的丹凤眼中闪烁着晶莹的泪滴,心中的情感波涛起起伏伏,宛如瓯江的潮水。

战场态势渐趋明朗,永盛窑精锐护窑队、"海上花"手下人马、紫衣女侠人马这三支劲旅组成的强大兵团碾压得倭寇联军哭爹喊娘。此战,倭寇联军伤亡500余人,逃走200余人。

戚飞侠要亲自去向紫衣女侠道谢,不料紫衣女侠早就整理好人马乘坐快船远去,只看见远天之下打着"苗"字的旗帜在风中猎猎。

戚飞侠表示,"海上花"手下人马,愿意留在永盛窑的热烈欢迎，不愿意留下的，会发足盘缠回家。

残阳似血。瓯江在晚霞中恢复了往日的波光潋滟，鸥鸟翔飞，白帆点点。

第十五章
朔门港谍战

永盛窑名闻天下。

戚飞侠带领研发团队,烧制出了瓯窑青釉褐彩蕨草纹执壶,再一次迅速打开了海外市场。

执壶通高 25.1 厘米,口径 5.1 厘米,底径 7.5 厘米。盖呈宝塔形,双重口,盖面绘褐彩纹。壶直口,长颈,丰肩。整体细长弯曲,对称处安细长扁曲的壶把,把上模印缠枝花纹和联珠纹,花纹之间印有"七何"二字。腹部形似瓜棱,绘褐彩蕨草纹。造型修长挺拔,灰白色胎,胎薄细腻,通体施淡灰绿釉。

浙江巡抚荐举戚飞侠为浙江从七品武官,重点是管辖、护航浙江所有瓷窑生产、运营。戚飞侠和朱珠结为连理,永盛窑发展壮大为明朝南北瓷窑中的最大龙头,集聚了天下第一流的能工巧匠。

戚飞侠由于文武兼备,业绩突出,而后担任温州府都督。"高手在民间",在戚飞侠的苦心经营下,温州商贸业、文化交流迅速崛起,精心打造的温州朔门港也闻名中外。

明嘉靖四十三年夏,骄阳似火,连海风吹过来都是滚烫的。这一天的正午时分,在温州朔门街的一家小酒楼里,老板阿青忙里忙外。到阿青店里吃喝的人,基本上是天南地北来温州做买卖的,其中独来独往的极少见。

阿青胆子很大,经常为戚飞侠的永盛窑提供酒菜,因此跟永盛窑中的闪电霹雳刀队队员们很熟悉。

第十五章　朔门港谍战

阿青酒楼中除了她自己是老板之外，还有男女五名伙计。这几年温州朔门港越来越热闹繁华，整个港口日均停泊大小航船上千艘，鼎盛时甚至达到了 3000 艘，其中以满载香料、瓷器、丝绸、玛瑙的中型海船为主。站在港口卫城的制高点上远眺海面，简直是一派旌旗猎猎、商贸往来的大好气象。

这天正午，阿青接待了一伙人马，合计六人。其中一个 40 岁出头的黝黑男子一边喝着烈酒，一边往阿青身上不停地打量着。阿青对于这类人见怪不怪，但这伙人中的这个黝黑男子让人极其不舒服。

这伙人一直旁若无人地吃吃喝喝，仿佛都是没肝没肺之人。这伙人如此海量，阿青还真很少见。

阿青便对伙计邹巧云使了个眼色，趁着这伙人喝酒、吃肉之际，赶紧把一支湖笔塞在邹巧云的怀里，轻声吩咐她从酒楼后门溜出去，把怀中的这支湖笔快速送达到永盛窑，交给朱珠。只见邹巧云像一只灵巧的云雀飞出了酒楼，转而登上了瓯江边上的一艘艨艟快船，溅起的水线直射向永盛窑方向。

这时候，阿青亲手端给了酒楼中的这伙人一大盘滚烫的牛肉片，还亲手给他们一一倒满酒，抿嘴一笑，说道："诸位客官，这是本酒楼的招牌牛肉，请慢用哦。"

那名黝黑男子趁机捉住了阿青的手，顺势抹了一把阿青的手心，嘿嘿笑道："酒楼的菜好吃极了，想必漂亮的老板娘更让人嘴馋啊。"

久经江湖多年，阿青并不心慌，这种在酒楼谈笑中想占她点小便宜的各路人马各色人等与她来说，早已司空见惯了。

阿青只是稍微一使劲儿便抽出手来，一下子距离那伙人两米开外，这般身手显得很灵活又不失和气。阿青便扭着腰肢上了酒楼三楼，把那伙人交给了酒楼中的伙计去应付。

倚在三楼花窗的阿青望着朔门街上熙熙攘攘的人群，不紧不慢、不温不火地观望了五六分钟。正当阿青愣神时，朔门街上一阵子喧哗，只见不远处六匹脱缰快马跑来，像是平地上飞旋起了一阵风，又像高空中笔直砸向地面的豆大雨点噼里啪啦响个不停。

只见阿青酒楼中原本埋头吃肉喝酒的六人早就跃出店门，一一候在街边，直到六匹快马即将飞驰到他们边上时，只听得那名黝黑男子吹了两声急促精悍尖亮的口哨，刹那间就使那六匹快马放慢了奔驰的速度。只见人群中一阵喧哗，街边的那六人瞬间上了马背。随后，六人发疯般朝着永盛窑方向疾驰奔去。

刚才，在酒楼中，阿青早就观察到了这六人的不简单，其中的三个人食指上有厚厚的老茧，那应该是常年操持火药枪留下的痕迹。而另外三个人，两手掌都特别的厚实，应该是常年训练双手刀留下的印迹。

正当阿青心跳加快之时，只见朔门街边上的芙蓉弄中闪出了一骑黑马，马背上的一人身着黑色衣裤，蒙着面，戴着遮阳的江湖斗笠，背上斜挎着一把长剑、一支长柄火药枪，向六人快马加鞭方向追去。

阿青赶紧牵出了酒楼东头马厩的一匹枣红马，纵身一跃，上了马背。江风吹散了阿青高高盘起的发髻，披散着长发的阿青整个人弯腰匍匐在马背上，宛如离弦之箭射向了永盛窑方向。

当邹巧云乘坐的艨艟快船刚刚抵达码头的时候，永盛窑的北门外，一阵子喧嚣。只见一伙人赶着一驾满载东西的牛车硬要往永盛窑里闯，而守门的一名窑匠挡住了那伙人，双方正在对话之间，只见那伙人中的一个瘦子偷偷抽出了裤兜里藏着的一把匕首，刀锋一闪，就割倒了那名守门的窑匠。于是，那驾牛车就冲进了永盛窑北门，那伙人足足有九人，他们都脱掉了短马褂，露出了精壮的身子，憋足劲儿驱使牛车往永盛窑的"一号龙窑"冲去，在距离"一号龙窑"不到 20 米距离时，永盛窑哨卡的一名闪电霹雳刀队队员发现有情况，赶紧吹响了哨笛。尖锐急促的三声笛响，划破了原本生机勃勃而平和的永盛窑，五名护窑队员冲了出来，扑向了牛车旁的九人。双方缠斗在了一起，而九人中的两人在缠斗中继续憋足劲驾驶牛车接近了"一号龙窑"，其中的一人用火柴迅速点燃了牛车上的火药导线，嗤嗤哧响的导火线在烈日下即将引爆整车的黑火药，永盛窑大难临头。

十万火急之时，从阿青酒楼中出来的六人冲进了永盛窑，笔直扑向那驾火星飞溅的牛车。这时候，仅仅是一眨眼的工夫，从芙蓉弄中闪出的那一骑黑马驮着蒙面黑衣人从东门冲进了永盛窑，往永盛窑秘瓷藏品大厅冲去。

只见这六人躲过牛车车夫的击杀，齐齐跃上牛车，在忙乱中一下子找不到导火线的延伸处，只得采用撒尿灭火的原始办法，正当导火线被尿水浇灭的刹那间，那九人中的一人举起一把大口径火铳，往牛车上撒尿的六人连射三枪；六人仓促中无处躲藏，被袭击倒下，个个鲜血喷射。

只见那九人中的一人得意的奸笑着，吆喝牛车旁边的同伙重新点燃一根备用的粗大火药导火线。看来，永盛窑难逃此劫。

备用导火线燃烧的火光即将燃爆整车的黑火药。这时候，六人中中枪的那名黝黑男子艰难地单臂撑起了浑身是血的身子，用尽最后的力气，一个飞扑，抱住了备用导火线，同时用身上喷溅的鲜血浇灭了导火线。

当阿青骑着枣红马和邹巧云相遇并一起骑马闯进永盛窑南门的时候，北门那边缠斗的几方都倒在了血泊中，唯留六匹快马与两头牛牯在烈日下发出骇人的叫声。

这场缠斗的结果是，阿青救下了那名舍身保住永盛窑逃过一劫的黝黑男子。

那一骑黑马驮着蒙面黑衣人在永盛窑秘瓷藏品大厅外面的小广场上被朱珠等人围住，此时此刻，戚飞侠恰好在永盛窑朱珠的专用卧室里休息，近期由于公务特别繁忙，戚飞侠好不容易挤出一天的休假时间。应该是很长时间没来永盛窑了，因此戚飞侠把休息的地点安排在了永盛窑里，不仅可以和朱珠相会，而且能领略到永盛窑的发展轨迹和精彩蝶变。在梦中，戚飞侠无数次梦见了自己担任永盛窑护窑总镖头的点点滴滴，有关江湖故事，有关儿女情长，有关刀光剑影。

那一骑黑马驮着蒙面黑衣人只是几个快闪，就冲出了永盛窑精锐武装力量的包围圈，一声马嘶，就跃出了永盛窑，电闪般往望江路飞驰。

那一骑黑马驮着的蒙面黑衣人到底是谁？为何会在戚飞侠恰好在永盛窑休假时到来？还有，那驱使牛车的九人和骑着六匹快马的粗矮六人又是什么来头？更让人震惊的是，那牛车上满载着的黑火药，目的是什么？幸亏被粗矮六人中的那名黝黑男子冒死熄灭了燃烧着的导火线，不然，整个永盛窑，都将面临绝境，而这，将直接影响到温州城的发展。

当永盛窑的十多骑精骑和阿青一起追逐那一骑黑马驮着的蒙面黑衣人到了望江路安澜亭的位置，早就不见那匹黑马和蒙面黑衣人。

可惜的是那名冒死熄灭了黑火药导火线的黝黑男子，经过一番紧急抢救之后，依然未能活下来。戚飞侠得知此事，也倍感蹊跷。戚飞侠陷入了沉思之中，他不由想起了出家为道的潘朵朵，想必如

第十五章 朔门港谍战

今潘朵朵的武当剑法或许已是练得炉火纯青。再有那驱使牛车强行闯进永盛窑的九人,竟然有着倭寇的血统,而这些信息,才是让戚飞侠感到山雨欲来风满楼。这几年里,温州城在戚飞侠的护卫之下,政通人和,一派繁华热闹的景象。正所谓生于忧患死于安乐,而这正是现今温州城面临的发展课题。

温州城,这座水火淬炼过的老城,一直就有不断出现的传奇和沧桑过往。朔门为繁华之地,位于温州城中轴线上,是"东庙、南市、北埠、西居、中衙"历史功能格局中"北埠"之所在。在戚飞侠的重视之下,朔门港口依次建起了九座码头,其中尤以一号码头和九号码头最为雄伟。一道长约16千米的城墙大门分出了城里和城外。城外是最繁华的朔门港口,商贾云集,商船如梭,时下最流行的货物在此荟萃。城墙还向外修筑,拓出了一个半圆形的瓮城,用于加强温州城的防御,常年有三小队精锐兵士防卫。

此时,在九号码头,阿青早已和邹巧云会合并乘坐那艘艨艟快船朝着江心屿飞驰而去,破浪而行画出的水线像是一道道银色的闪电,在戚飞侠等人的视野中迅速延伸到了江心屿东塔的暗礁附近。

戚飞侠等人现在正处于三号码头位置。距离码头仅20多米的芦苇丛最高处,傲然挺立着一棵古楠木王,胸径两米多,胸围六米。据考证,这棵古楠木王生根发芽之时,华夏大地尚处春秋时期。3000多年来,古楠木王见证了温州城的沧海桑田、风霜雪雨,当地人认为其富有灵性,视其为神树,是温州城朔门这一带的守护神。其掉落的树枝树叶,常被人带到家中供养,不舍得烧毁和丢弃。

此时,芦苇丛中突然惊起了一群水鸟,水鸟群白色的翅膀在海天中上下翻飞,宛如一大片白色的浮动着的幕布,或许预示着这儿即将要上演一场戏曲。

只见古楠木王树顶的绿荫浓密处，悄悄探出了一支长柄火铳，火铳黑森森的枪口在上下小幅度的调整着，只不过枪口始终对着三号码头位置的戚飞侠一行。但是，这支火铳却迟迟不开火，也许在守候着某一个人或者某一群人。可以肯定的是，这支火铳绝不是为了猎杀水鸟而来的，因为刚才鸟群起飞的时候就是火铳发挥威力的黄金时刻。

当戚飞侠一行人马正要准备返回温州城都督府时，也就是说距离那棵古楠木王不到十米的位置时，树丛深处的那支长柄火铳猛地发出了几声惊人的吼叫，与之跟随着的是炫目的火药爆炸的光芒和散发出来的弹雨，戚飞侠边上的六七名护卫立马倒在血泊之中，戚飞侠反应神速，腾空而起直逼向古楠木王的树丛深处，他全然不顾身上受伤的情况，敏捷地跃上了古楠木王的树半腰位置，准备生擒住躲在古楠木王树上的袭击者。奇怪的是，树上并没有任何人影。

正当戚飞侠万分诧异之时，斜对面江心屿的东塔上，一片刀光剑影。阿青与若干名刀客正在江心屿的东塔上生死搏杀。

只见阿青一声娇喝，使出了武当剑派中的太乙玄门剑法，与刀客们激战，从塔顶交战到了塔半腰，随后又在塔身第五层的塔檐上缠斗，宛如长虹吸水，逼退了那几名颇具功力的刀客，其中一名刀客踩上塔檐青苔，脚下一滑，像断线的风筝从塔上一头栽了下来。东塔上的拼杀画面引得江面上和江心屿上的船夫、商贾等驻足惊叹，好多人都认为这是海天交融、海市蜃楼之幻景，而不是真实的存在。

戚飞侠紧急派往江心屿的一小队精锐兵士刚刚抵近江心屿的一处海滩，那边东塔上却静寂得可怕，先前的激烈交锋画面一下子烟消云散了，不见丝毫踪影。

其实，阿青正紧追着那几名仓皇逃遁的刀客，他们不在塔里，而是在塔底的一个暗道深处，这也是阿青始料未及的。当阿青紧追刀客，纵身跳进暗道时，暗道中吹来的一股冷风让她浑身颤抖了一下，此时，外面是烈日高照、热火朝天，而东塔的地下暗道竟然是冷若寒冬。

被刀客的赤铁刀背砸晕在东塔一层的邹巧云此时醒了过来，感觉浑身像是散了架。跃进东塔的那一小队兵士中有人认识邹巧云，赶紧给她喂了点儿水，扶她倚靠在塔砖上。兵士中为首的戚丁问起阿青和刀客们的去向，邹巧云只是无力地摇了下头。殊不知，当阿青尾随那几名刀客跳进暗道之时，暗道的三重暗门便在机关的操纵下迅速合拢，从外面查看是根本看不出任何蛛丝马迹的。

想必，这暗道、暗门机关的设置与挖掘，是某股势力在此苦心经营了多年的。那么，他们的目标是什么？

进入暗道深处的阿青冷得直打激灵，她只得运足丹田内功来抵御严寒。而那几名逃遁的刀客却在暗道的一个拐角处，熟练地打开墙上的一个暗洞，从中取出了几件棉袄和一件貂皮大衣，赶紧穿在了身上。在一处暗道的分叉位置，阿青迷失了方向，不知道从哪个方向去追刀客，她顺手用武当青莲掌法对着暗道内壁一击，竟然阴差阳错打开了一扇暗门，她摸索着往里走，竟然发现了一个小型的粮仓，于是，阿青便钻进了稻谷堆中取暖。

那几名刀客继续在暗道中逃遁，论刀术，他们在大江南北都数得上是二流以上，今天却一眨眼就败在了那个美娇娘的剑下，确实感到诧异和惊魂。要不是这暗道，加上他们几个腿快，早就会被那个美娇娘击杀或者生擒了。现在，这几名刀客一段时间里听不到后面追随的脚步声了，加上有棉袄、貂皮大衣保暖，便又不知天高地厚的猖狂了起来，其中的一名刀客还发出了令人毛骨悚然的奸笑声，吓得一只地鼠赶紧躲进了鼠洞。

阿青摸索到了几捆稻草，心中一阵子的惊喜，赶紧用稻草捆扎了一件简易披风，系在了身上，一下子感觉暖和多了。她紧握住剑柄，眯着眼蓄势出击。

那边暗道深处依稀传过来的几声奸笑，使得阿青重新辨清了追逐刀客们的方向。但是，机智的她选择养精蓄锐，并不是一味急着出击，她的心里非常清楚，刀客们熟悉暗道设置并且是在暗处，而她孤身一人对暗道很陌生，稍不留神就会落进刀客们的陷阱，而这才是最可怕的。

刀客们知道阿青依然跟在他们身后不远的地方，这让他们一伙人很是头疼。东塔底下的这条暗道不仅通向西塔，而且其中的一条分岔暗道还通向了江心屿偏僻处的一块美人鱼礁石，从那里，就可以乘坐上船只出入东海。更让人惊叹的是，这暗道就像精心构筑的一个大型堡垒，还设置有小型澡堂、藏兵洞、粮仓、卧室等，防水防火措施都有布置。此时，阿青的策略是等这伙刀客距离她远些的时候，迅速折回去，希望能顺利到达东塔底下那个入口，以自己为向导，引入温州卫精锐兵士和永盛窑闪电霹雳刀队，彻底控制暗道各处机关，同时清剿这伙来历不明的刀客。在阿青的初步判断中，这伙刀客大概率带有倭寇的血缘和气质，虽然个子矮小，但精悍有力，步伐特别灵活，眼神特别犀利，充满了杀气。

阿青在暗道中隐忍着，继续等待着绝佳机会的到来。她感到很奇怪，在暗道中竟然感觉不到任何呼吸困难，也许，地下的暗道接通着隐蔽在海礁或者别处的明道，只有这样，暗道中的空气才会跟外面的空气一样自然清新。除了这伙行踪诡异的刀客之外，先前的那匹黑马和那个蒙面黑衣人更让阿青牵肠挂肚。因为这黑马与蒙面黑衣人在码头一下子就不见了影踪，那身手绝对不是这伙刀客所能媲美的。

第十五章　朔门港谍战

正当阿青准备出击之时，暗道深处传来了一片刀剑撞击声和鬼哭狼嚎，那惨叫声宛如从地狱之中传了出来，听起来让人毛骨悚然。

阿青不知道的是，她当然会觉得暗道中就那么几个被她击败的刀客而已，其实，在暗道深处传来刀剑撞击声的时候，那边的刀客人数不少于30人。那么，这么多的刀客到底从哪里一下子就像新开凿的井水一般汩汩冒了出来？

很早之前，就有人怀疑阿青的酒楼老板娘身份，总觉得她的一举一动都洋溢着女侠的气息，只是时间久了也就没有人再怀疑了，酒楼在朔门街开了整整五年，特别是近三年里，随着朔门港的日益繁华热闹，酒楼攒足了白花花的银子。

只有阿青和邹巧云二人心知肚明，阿青是邹巧云的上线，她俩都是戚飞侠的人。而阿青还有个身份，就是浙江锦衣卫情报队的首席指挥使，是武当派剑术高手。在朔门港往来的船只、商旅中，确实是需要安排这些特别的工作人员。

此次，戚飞侠险处逢生，自然也离不开这些人的帮助。对此，朱珠很是牵挂和担心，每当戚飞侠拥她入怀时，她总是贴紧戚飞侠的胸膛，呢喃着："夫君，你解甲归田，辞去温州都督，陪我一起经营永盛窑吧。"对此，戚飞侠总是报以一笑或者是狂风骤雨般的热吻。

此时的阿青正在诧异，暗道中的众多刀客到底从哪里冒了出来，如果情况照目前的情形，纵使阿青剑术非凡，也只能暂时深潜在暗室内等待时机出击。而更让阿青惊异的是，暗道那边竟然一下子死寂下来。

暗道那边的沉寂，都是一个人的杰作，这个人就是在安澜亭码头一下子消失得无影无踪的那个蒙面黑衣人。在阿青诧异之时，那边的蒙面黑衣人早就使出了游龙剑法，更可怕的是，他还使出了江湖上据说是最为狠毒的杀人技，那就是毒针"天女散花"。所谓的毒针都是喂过剧毒的针刺，一招"天女散花"就能在出招者内力的驱使之下瞬间射出飞针四五十枚，尤其是在暗道这种空间狭窄的地方，其杀伤力可想而知，简直是屠杀式的，无论对手武艺多高强，都难逃其手掌心。

蒙面黑衣人屠杀完暗道中的刀客之后，擦了擦额头的汗水，就立马点亮了一盏随身携带的松油灯，在灯亮的时候，他自己早就闪到了距离松油灯十多米的暗道侧壁，眼光像黑夜中的猫头鹰般锐利，一旦发现有残存的刀客冒出来，他就会被一击必中而毙命。

阿青也依稀感觉到暗道那边射过来的豆大灯光，她不由一手握紧了剑柄，一手扣住了两只小巧犀利的金钱镖。

过了一会儿，蒙面黑衣人觉得附近暗道中已无敌人，于是，就借着松油灯的光亮，从黑衣的内衬里摸出了一小块丝绸，只见丝绸上面画着细腻而缜密的图案，他照着图案上的一处小蓝点，照样画葫芦地在暗道内壁的一个弧形位置用长刀柄稍微用力敲打了两下，只见不远处的暗道内壁竟然松垮下来，豁然开朗，宛如桃花源中描写的那样，那儿出现了一个能容纳上百号人马的聚会厅。蒙面黑衣人闪电般跃进到了聚会厅里，只一瞥，就发现偌大的厅堂里摆放着刀剑、火铳、小铜炮，几十箱的黑火药，以及几十箱的精美白瓷、青瓷、黑瓷、裂变瓷等。这么多的货物中，最可怕的当然是那几十箱的黑火药了，如果用于集中袭击，那杀伤力将是毁灭性的。如果这些黑火药用于袭击朔门港，那将是灾难性的事件。

下午二时左右，瓯江上风平浪静，海鸥飞翔，发出嚯嚯呀呀的叫声。朔门港口的三号码头、五号码头、八号码头都有几艘满载着东南亚水果榴莲的船只抵岸。戚晨曦带领的一营温州城水师也恰好

第十五章　朔门港谍战

出港巡逻，与这批抵岸的装满榴莲的船只擦肩而过。

戚晨曦知道戚飞侠特别喜欢吃榴莲，一个飞纵就跳跃到了一艘榴莲船上，看中了一只南瓜形状的榴莲就摇晃了起来，他感觉到这只榴莲个头虽不大，但是比市面上的榴莲重了许多，提在手中很是沉重。跟随戚晨曦跳到榴莲船上的三名水兵也觉得提在手里的榴莲特别沉重。这时候，船老大从船首慌忙跑了过来，连声说道："兵爷，我这艘船上的这批榴莲都是被温州城的富商预购了的，改天我亲自送一批上品榴莲给兵爷们免费品尝吧。"

戚晨曦的一对鹰眼很是犀利，马上洞察到了这个船老大的神态闪躲，觉得有点儿异样，于是手指稍稍用力，就掰开了手提着的那只榴莲。他惊了一下，只见里面竟然不是黄澄澄金灿灿的榴莲肉，而是黑火药。于是，马上向跟随的兵士使了个眼色，立即控制住了那名船老大。船上的空气一下子就像是凝固住了。榴莲船的船舱中、船尾扑过来五名短打服饰打扮的水手，个个手中拿着匕首。同时，不远处的一艘榴莲船也往这边急驰过来，还有一艘榴莲船刚刚抵岸在四号码头，几名精壮的汉子正挑着担子往瓮城围墙急匆匆赶去。

戚晨曦一声大喝，使出闪电霹雳刀功夫，瞬间就刺杀了两名水手，其余的都惊骇不已，四处逃散，宛如被人捅散了的蜂窝。这时候，从往码头急驰过来的那艘榴莲船上射过来几发子弹，其中的一发子弹击中了一个装满黑火药的硕大榴莲。只听见"轰——"的一声巨响，整船的黑火药瞬间就燃爆起一朵巨大的蘑菇云，连江水都被炸红了，江面上漂浮着被炸出水面的刀鱼、江鲫、大小黄鱼，以及水手、船老大、水师官兵的尸体残肌。在瓮城碉楼瞭望哨的戚飞侠眼眶红了红，他知道戚晨曦带领的这一营水师基本上没有生还的可能了。

一船黑火药燃爆的威力太大了,周围200米之内的渔船、航船等船只眨眼间都遭受了灭顶之灾。

那边,躲藏在暗处的阿青握紧剑柄的手掌心满是汗水,她继续在暗处观察着黑衣蒙面人的一举一动,如果此时她放出手中的金钱镖,那么,这蒙面黑衣人纵使功夫天下第一,也会被阿青射杀,毕竟阿青也是高手中的高手。

正当阿青在犹豫着要不要飞出手中的金钱镖的时候,一只硕大的地鼠从她身边飞窜过去,惊得阿青发出了轻微的呢喃,蒙面黑衣人似乎觉察到了暗道中的异常情况,足见他内功的深厚,能做到耳听八面、心意玲珑。

只见蒙面黑衣人在暗道中几下飞闪,就发现了松油灯光在阿青剑柄上折射的亮光,只一个飞纵就到了阿青的藏身处,一个少林大擒拿手,就要拿住阿青。阿青也是不吃素的,一个武当反擒拿手,就躲过了黑衣蒙面人的袭击,一声娇喝,就使出武当派剑术中的水中花招式,逼向蒙面黑衣人。两大高手棋逢对手,闪电般过了30多招,还不分胜负。阿青浑身是汗,衣裳都湿透了,使出的招数依然神速,惊得蒙面黑衣人连连左右闪躲。论功夫,黑衣人稍胜阿青半分,但是在暗道这狭窄空间,阿青的苗条身材更加灵活机动。

在缠斗中,阿青不小心脚下一滑,蒙面黑衣人就把握住了这个机会,向阿青胸口使出了一招大力鹰爪功,在万分危急之时,阿青赶紧使出飞花轻功术,转过身去躲过了蒙面黑衣人的凶招,但是阿青的后背衣裳还是被大力鹰爪功抓到,只听见"哧啦"一声,阿青的上衣连同内衣都被黑衣蒙面人的大力鹰爪手一抓而尽,阿青白玉般的上身一览无遗。蒙面黑衣人呆了一下。

趁着蒙面黑衣人呆愣的瞬间,恼羞成怒的阿青闪电般使出了绝招——武当追魂手,一下子就擒住了蒙面黑衣人,把蒙面黑衣人死

第十五章　朔门港谍战

死地压在了暗道的侧壁上，随后她锁住了蒙面黑衣人的穴道，使之动弹不得。阿青又羞又恼地哼了一声，只得用破碎的衣掌系了系上身。

此时，温州城瓮城的城墙下，堆放着不少于 600 个榴莲果，但是戚飞侠目光依然盯在江面上，为戚晨曦以及那一营水师的烟消云散而痛心疾首。

在刚才那船黑火药燃爆起蘑菇云的时候，戚晨曦凭借着戚飞侠多年传授的内家功夫，以及年少时在江水中搏浪练就的水上功夫，像是一枚深水炸弹扑通一声就跳进了水中，憋住气息一口气潜出 30 米外，又露出水面狠狠吸了一口气，又在水中潜出 20 多米，虽然保住了性命，但是依然受伤较重，尤其是左臂被炸飞的榴莲壳砸得很重。

在血色的洗礼中，戚晨曦的脑海中产生了海市蜃楼般的幻觉，这也许就是人在面对生死抉择时的生理与心理的条件反射。这些年，戚晨曦跟随戚飞侠打拼，久经战阵，深受戚飞侠青睐，成了戚飞侠亲兵中的小首领，常年带领一营的精锐卫兵。除了铁血精神之外，戚晨曦念念不忘的是他对于恰值碧玉年华的刘可珍的牵挂和爱恋，那可是江湖岁月中的真爱。戚晨曦在如梦如幻的感觉中咬紧牙关，他执着的信念就是要闯过今天这道凶险异常的鬼门关，要活下来！

下午三时左右，瓯江上刹那间变得风高浪急，江豚也跃出了水面，海鸥等水鸟急急地往江心屿湿地飞掠而去，江面上漂浮着许多鸟类的羽毛。此时，阿青已经彻底控制住了蒙面黑衣人，她扯下了他的蒙面纱巾，发现这家伙竟然长得玉树临风，宛如白面书生一般的俊雅，她不禁发出了一声惊讶。阿青这时候才感觉自己就像功力耗尽了一样，浑身酥软无力，像一朵特大的棉花，于是，她靠在了暗道暗室的侧壁，准备闭目养神片刻，以积蓄精力投入关键的行动之中，而及时阻断"刺杀戚飞侠，炸毁永盛窑，炸毁朔门港"的阴谋就是她的重要使命。阿青在暗室里休养生息还不到十分钟的光景，暗道的另一头隐隐约约传来了脚步声，她趴在地上静听，判断是一个人的单一脚步声，而不是先前众多刀客踩踏暗道地面的杂乱声响。阿青很镇定，她静静地潜伏在暗室隐蔽处，等待着下一场战斗的开始。

很快，暗道中的脚步声瞬间消失不见了，阿青诧异不已，正当她在思考如何处置之时，她瞥见了一个窈窕的身影从暗室左侧闪过，于是，她便悄声贴了上去，在暗道的第三个拐角处，发现这个人竟然是邹巧云，她一阵惊喜，往邹巧云投掷出一块小石子，邹巧云一惊，一个翻身就在慌乱中刺出一刀，身手也是够快的。

"巧云，是我，我是阿青。"阿青急急叫了一声。

邹巧云闻声，眨眼间腾挪闪移，接连还刺出了三刀。人在江湖，下手要狠，这是刀客的性格和习惯。阿青见邹巧云这样，就一个飞纵到了邹巧云的前面，距离五尺的地方，笑盈盈地说道："刀法够快，我差点儿被你这丫头刺穿了。"

邹巧云不语，只是还以阿青一个微笑，趁着阿青放松警惕之时，对着阿青投掷出了一个迷魂药弹，暗道中马上弥漫着迷魂药的气味，阿青软了下来，从暗道侧壁滑了下来。其实，这个邹巧云是倭寇势力勾结地方黑恶势力，潜伏打入温州城的王牌间谍，原来那个邹巧云的生死与行踪已无人可知。如此，阿青现在所面临的险境实质上就是绝境，其凶险程度绝不亚于华山峭壁，都说自古华山一条道，此刻在暗道中的阿青的处境显得难上加难。

邹巧云看到了暗道中的黑衣人，大吃一惊，她走上前用右手拍出一掌，击打在黑衣汉子的左肩膀，只听见黑衣人嘴巴里"咿呀"

第十五章 朔门港谍战

叫唤了两声，便解开了刚才被阿青锁住的穴道，原来这两人是认识的。两人一番暗语交流后，进一步确认了彼此的身份，于是就合力把阿青双手双脚捆绑起来，扔进了暗道边上的那个暗室内，邹巧云感觉到了黑衣男人的一丝怜香惜玉表情，于是就调侃这个黑衣人的儿女情长的短板。她笑着对黑衣人说道："你啊，还是改不了猫儿吃腥的陋习，迟早得完蛋！"黑衣人沉默不语。两人又在暗道里打了几个暗语，邹巧云拿出身上所带的一把金钥匙，一下子打开了暗道里的一个隐蔽机关，只见里边摆放着一尊小型铜炮"红衣大将军"，别看这是一尊小型铜炮，其威力非同小可。两个人迅速牵引着这尊铜炮往暗道南面拉了 30 多米，随后，黑衣人几脚飞踹，整个暗道便豁然开朗，外面的光线与海风扑面而来，两人狠狠吸了几口新鲜空气，就立马调整好炮位，把炮口对准了朔门港口二号码头位置，黑衣人数了数这尊铜炮配置的钢弹数量，总共是 16 发。

这时候，朔门港发生了连续几起爆炸，原来堆放在的温州城瓮城墙脚的榴莲黑火药被燃爆了起来，整个朔门的几座码头一片狼藉，一片混乱。

在瞭望哨位置的戚飞侠皱了皱眉头，他很镇定地排兵布阵，将守卫一线的精锐兵士分成六个小队，分别到六个事态较为严峻的码头稳住阵脚，然后命令马上点燃烽火台的一处核心烽火，让城中的兵力能迅速支援这边。恰恰此时，在戚飞侠所在的瞭望哨附近，腾地升起一支红烟，红艳艳的色彩在阳光下显得特别刺眼，当红烟升起的时候，江心屿那边暗道中的邹巧云和黑衣人操纵的铜炮发出了轰鸣，三发炮弹接连在距离戚飞侠 20 米开外的地方爆炸。正当万分危急之时，戚晨曦猛地从水草丛中钻了出来，他奋不顾身地拼尽全力抵近了江心屿南岸暗道发射炮弹的掩蔽处，迅速用海滩的淤泥捏成了三个脸盆那么大的泥弹，对准暗道口，奋力投掷了进去，第

105

三个泥弹扔进去时,影响了里边的邹巧云和黑衣人的铜炮射击操作。这时候,戚飞侠派出的两艘艨艟快船也距离暗道射击口不到50米的距离,快船上的火铳和强弩机疯狂地瞄准暗道口,接连发射着火枪弹和弓箭,暗道中的火力顿时哑了,宛如死寂。

当天下午五时,正当温州城朔门港战火纷飞之时,天色竟然一下子变得漆黑,瓯江潮水一浪高过一浪,江心屿一下子就被潮水淹没了,只露出东塔和西塔的塔尖。

晚上十一时,一轮明月高挂海上,温州城内外一片安静,这一天中嚣张猖狂的倭寇及潜伏多年的间谍团队,都被戚飞侠指挥的精锐队伍和锦衣卫围剿。戚飞侠受了轻伤,阿青也被营救出来,一个立在温州城的瓮城瞭望哨指挥若定,一个在江心屿的东塔顶楼遥相呼应。

戚飞侠与阿青目光交会处,是闻名遐迩的江心寺。

那天,江心寺前,1600年的菩提树花开灿烂。古树开花,吉祥如意,耸直的枝干顶着幽浓的树冠,一朵朵、一簇簇淡黄色的芳香花朵,掩映在三角状卵形的绿叶间。光影辉映,宛如星月交辉,时光的印记雕刻在它的身上,美丽的花朵却不曾换颜。

第十六章 崛起

戚飞侠在担任温州都督期间，重视文化教育事业，大力推崇书院文化和耕读文化。

戚飞侠在一次温州文化大会上说道："书院在中国历史上有着积极的教育意义，就学者可以得到老师的言传身教，它既可以补官学之不足，又可以倡读书之风气。"据《温州府志·学校附书院义塾》记载："人才必由学校。东瓯自宋，名贤辈出，盛得洛闽之传。经术才猷，文章气节，若周、许、刘、戴、吴、张、黄、娄、王、薛、陈、叶、蔡、林诸子，赫然为一代伟人。"温州地处祖国东南，曾经因交通闭塞，又远离中原，无论是文化还是经济均远远落后于中原诸省。但自从宋室南渡，定都临安后，浙江一跃成为全国政治、经济、文化的中心。而温州地区也相应地发展迅猛，各行各业都呈现蓬勃的发展势头，特别是农业、手工业和商业都有了长足发展，书院也随着其他行业的兴盛而发展。在温州历史上曾拥有大大小小几十座书院，这对培养当地人才，濡养读书风气起到了重要的积极作用。对此，戚飞侠通过实地调查研究，细心比较各地书院的规模、影响力、名人效应、历史悠久、人才培养成效等，每年向朝廷上表争取书院扶持发展经费。于是，温州大地上的众多书院如雨后春笋般蓬勃发展，鹅峰书院、东山书院、仙岩书院、梅溪书院、浮沚书院、水心书院、会文书院、宗晦书院、永嘉书院、罗峰书院、芙蓉书院、苍坡书院等书院声名鹊起。

戚飞侠为浙江、明朝廷对外贸易、文化交流做出了杰出贡献，温州城迅速崛起，成为全球贸易的主要港口城市之一。

2022年11月6日，温州朔门古港遗址考古成果现场研讨会举行。与会专家对遗址的发现、功能、意义以及后续保护利用等问题进行充分讨论和科学论证，并一致认为，朔门古港遗址不仅规模庞大、遗迹丰富、要素齐全、年代清晰，更和温州古城、古屿、古航标等共同构成完整的海陆交通体系，堪称海上丝绸之路的绝佳阐释，实证了温州古港是我国古代重要的海上丝绸之路节点。

海上丝绸之路离不开船只。舴艋舟曾是楠溪江流域重要的交通工具，距今已经有1500多年的历史。20世纪，随着永嘉县陆路交通网络日渐完善，舴艋舟逐渐淡出了人们的视野。随着乡村振兴战略的实施，永嘉县招"旧兵"、请名匠、建埠头、造舴艋舟、修建舴艋舟文化博物馆，赋予消失了30余年的舴艋舟新使命，再现"千帆竞逐、直下楠溪"壮景，重新唤起人们对船工文化的乡愁记忆。"楠溪江舴艋舟"承载了文化振兴、乡村振兴的使命。

楠溪江热情拥抱瓯江。眺望历史的浩瀚长河，我们看见楠溪江舴艋舟在山水诗之路上浅吟低唱，成就了楠溪江"醉美桃花源"的诗般梦幻；仰望历史的璀璨星空，我们看见楠溪江舴艋舟在海上丝绸之路扬帆，一路闪亮温州永嘉人"义利并举，敢为人先"的精神。

如果你爱上楠溪江，爱上了楠溪江面上随风摇曳的舴艋舟，那么，请不要只写花前月下、儿女情长，只写每个季节最表面的章节，最舒适的段落，而要借助诗意的力量给舴艋舟以长风、以波涛、以木桨、以长篙、以驰骋的水域、以抵达的船埠、以乡村振兴的乡愁、以文化创意的星光、以拥抱幸福的翅膀！

楠溪江是一条"'千年商港，幸福温州'之江"，悠悠300里

第十六章 崛 起

楠溪江是海上丝绸之路上的一个特色驿站。舴艋舟从楠溪江上扬帆起航，一路绽放着永昆与乱弹、月明与彩霞、佳人与倒影、瓯瓷与茶叶、粮草与盐巴、秋高气爽与壮丽雁阵。

楠溪江舴艋舟行驶到了瓯江，卸下满船的星辉和浪漫，生计和念想。接力舴艋舟愿景的是能抵御海上丝绸之路大风大浪的大海船，从温州港起航，驶向东海、太平洋，把古代中国与外国交通贸易和文化交往的"海上陶瓷之路""海上香料之路"等海上通道演绎得绚丽多彩。

"借问同舟客，何时到永嘉。"且让戚飞侠作为首席"金牌导游"，带领八方来客去畅游醉美楠溪江。让写山水诗、吟山水诗、坐舴艋舟、吃瓯菜、喝瓯酒、赏瓯瓷、品瓯茶、听南戏、聊生意、做文化创意产业成为温州永嘉的一道亮丽风景。

外传·如梦如幻之一

潘朵朵为了戚飞侠能彻底斩断对自己的情丝，毅然到武当山脚下的道观出家。道观名叫桃花观，因此处地名为桃花镇而得名。

潘朵朵离开永盛窑的那天，她的内心波涛澎湃，非常不舍。往事一经回忆，尤其是回忆起大战倭寇、患难与共岁月的分分秒秒，她便满眼泪花。她好想扑到戚飞侠的怀里，痛痛快快地哭上一天一夜。

潘朵朵强忍住刻骨铭心的疼痛，微笑着对送别的众人说道："此去经年，应是良辰美景虚设，若干年后，我会成为武当山出色的女剑客。有空，就来看看我吧。"

戚飞侠心里明白潘朵朵出家为道姑的苦衷，潘朵朵是为了成全他和朱珠。

但是，越是这样，戚飞侠心里越是放不下潘朵朵。无数个梦境之中，恰逢桃红柳绿、莺歌燕舞、春意盎然的季节里，戚飞侠几乎天天漫步在桃花镇的每一条街巷，尤其是在夜色里，无论是月华似水、星光璀璨，还是细雨霏霏、寂寞难熬，他喜欢一边欣赏桃花的千姿百态和古建筑风韵，一边闻着桃花散发的清香，偶尔舒展下筋骨，来几下形意拳招式，试几下内功劲力。

当然了，处于梦境之中，戚飞侠最爱在桃花观附近逗留，尤其是在万籁俱寂的子夜，趁着夜色的掩护，施展刚刚入门的南派轻功术，一跃而上桃花观高达三米的青砖围墙，而后又悄声跃入院内。因为轻功术稚嫩，好几次差点在初雨后的青苔小径上滑倒。虽然已是夜深人静、蟋蟀鸣叫、虫声唧唧的子夜，但是桃花观三层唐宋古建的房间里还会隐隐约约闪烁着几盏青灯的朦胧光芒。他喜欢在桃花观的那棵高耸入云的紫桃树下先练上几分钟的南派静桩功，随后就发几下形意拳的抖劲。总之，是不会打扰到桃花观和观内道姑的休息的。

　　每当戚飞侠梦巡到桃花观近处时，就更加变得小心翼翼，生怕惊动此处的一花一木，以及观内的道姑。而这，却在一次不经意间被打破了。宛如在梦幻里，又像是在明镜般的湖面投入一颗翡翠，刹那间荡漾起了一圈又一圈的涟漪。

外传·如梦如幻之二

除了梦境之外，戚飞侠还真去过几趟桃花观。

三月十五日的子夜时分，月光静静地沐浴着桃花镇，整座城镇在花香中酣然入睡。戚飞侠又一次使出了南派轻功，很快就跃进桃花观院子里的那棵紫桃树底下。月光透过层层叠叠的桃叶、桃花，从树顶漏了下来。这棵紫桃树的树冠像一把大伞撑开了来，直径至少有20多米，戚飞侠在树底下向上张望，根本看不到今夜的月亮挂在哪里。

于是，戚飞侠干脆就安心在树底下练起了静桩功，在呼吸吐纳中气定神闲、闭目养神。依稀中戚飞侠感觉有几瓣桃花飘落在了身上，同时觉得今夜的桃树下特别的芬芳惬意。

"看剑，小旗官！"戚飞侠被一声娇喝声惊醒。

睁眼一看，只见一身姿修长的黑衣女子持剑向他袭来，确切地说，她右手所持的根本不是什么金属刀剑，而是一根桃枝，桃枝上绽放着一朵紫桃花。

戚飞侠赶紧一个跳闪，躲开了桃枝剑。急急说道："姑娘，我与你素不相识，为何偷袭我？"

"你是不是姓戚名飞侠，又来桃花观惹事不成？！"黑衣女子轻功了得，一闪就到了戚飞侠的背后，并迅疾用桃枝顶住了他的左肩，隐隐中戚飞侠感受到了她的内力通过桃枝传递到了他的左肩，自然是一阵酸麻。幸亏戚飞侠有几分南派内功在身，否则早就倒地不起了。

戚飞侠镇静了下来，感觉这不是一场梦幻。

"姑娘，我确实叫戚飞侠，我只是温州府永盛窑的护窑总镖头。"

"什么，你是另一个戚飞侠？那么，你知道妙秋到底去哪儿啦？"

"妙秋？我真的不认识啊，应该也是个姑娘家吧？"戚飞侠感到很惊诧，不知道今夜遇见谁了。

由于被黑衣女子的桃枝剑顶着，戚飞侠根本转不了身，只是瞥见了月光下她的影子婀娜多姿。正当戚飞侠处于如梦如幻之际，忽然，桃花观的三楼一下子灯火通明，只听见"咚咚咚"的脚步声从一楼往三楼走上去，然后，三楼的灯火又熄灭了。这时候，戚飞侠才发现月光下的黑衣女子早就不见了踪影。只留他一人立在紫桃树下，感觉像梦又不是梦，真真假假分辨不清，在刚才短暂的慌乱中，戚飞侠没能看清那黑衣女子的相貌，只是觉得清秀且古典也很有几分武侠味。

自从经历了那夜的惊奇之后，戚飞侠大约三个月没有在夜里翻墙跃进桃花观了。每当于梦境中夜巡到桃花观附近，他就不由得回想起那年三月十五日子夜时分的经历，每每思及如此，便不知如何才好，只得把这一秘密藏在心底。

"看剑，小旗官！"戚飞侠多次在睡梦中被这一声娇喝声惊醒。于是，就专门关注起了桃花镇桃花观的历史，走访了当地的几位地方史研究方面的资深老先生。

外传·如梦如幻之三

故事发生在戚飞侠去桃花镇桃花观拜访潘朵朵的那年深秋。那一年的深秋，桃花镇的百万棵桃树硕果累累，芳香四溢，整座城镇被成熟的味道滋润着。尤其是桃花观中的紫桃树上垂挂着一个个硕大的紫桃，让戚飞侠惊诧不已。

奇怪的是，桃花观紫桃树上的紫桃从来不怕人偷，许是这里的圣洁之地让人敬畏。包括戚飞侠，说实话，戚飞侠好几次产生了要偷摘几颗紫桃占为己有的欲望，可最终没有去采摘，而是静静地在树下仰视、欣赏。

深秋的一天深夜，戚飞侠在紫桃树下刚练完功夫，一个轻纵，就越出了桃花观。当戚飞侠为自己的轻功暗自喝彩的时候，依稀中听到远处传来了一声女孩子的惊叫声。

戚飞侠立马使出轻功，向惊叫声传过来的远处踩踏而去，很快就到达了目标的附近。环视周围的环境，并没有发现一个人影，这条小巷空无一人，借着朦胧的月光，戚飞侠发现了一座沧桑古老的四合院，以及四合院里传出的几声低低的啜泣声。桃花镇那么多的街巷，每一处他都了如指掌。可是，这条小巷和这座四合院，却没有一点儿印象。

不管了，戚飞侠一个飞纵，就悄然落在了四合院西厢房前的青石台阶上。抬头一看，只见东厢房的二楼灯火摇动，人影嘈杂。于是，戚飞侠便使出轻功，向东厢房跃去。正当戚飞侠准备悄声跃上木质楼梯，去看个究竟的时候，只见从二楼栏杆位置发出一声尖叫，一个天青色的人影随之从二楼掉了下来。出于条件反射，戚飞侠一个飞跃，闪电般接住了那个人影，戚飞侠宽阔的臂膀紧紧抱住，只感觉到一股特别的温软和芬芳，仔细一看，原来是一位青春少女，漂亮的发髻上插着一朵紫桃花，许是受到惊吓的原因，她星眼朦胧，满脸潮红，额头上香汗淋漓。

一阵秋风起，戚飞侠来不及问这少女个中缘由，就发现四名倭寇装扮的凶狠男子持刀围住了戚飞侠。戚飞侠大吃一惊，他来不及多想，当务之急所要做的有两件事：一是保护好怀中的姑娘；二是击败眼前的倭寇。

戚飞侠抱紧姑娘，使出轻功术中的"平地旋风"，直接跃出了倭寇的包围圈，随之把姑娘藏在了西厢房边的稻草垛，对着姑娘说了声："别怕，有我戚飞侠在。"

而后，抄起了石头墙角的一根桃木长棒，毫不畏惧地迎上杀过来的倭寇。四名五短身材的倭寇，手持四把锋利的倭刀，舞出了一大片雪白森冷的刀光，戚飞侠心念形意刀诀，眼观六路，耳听八方，气定神闲地以桃木棒当刀，使出了形意刀法和游龙步法，在秋风与秋月的见证下，在桃花镇的这一座古老四合院里，与四名倭寇对决。经过一番搏杀，四名倭寇一一被戚飞侠用桃木棒砸晕倒地。

戚飞侠走到了稻草垛边，笑着对那位姑娘说道："倭寇已被我彻底击倒击败了。你家住哪里？我送你回家吧。"姑娘从刚才的惊慌失措中逐渐静定下来，对着戚飞侠悄声道："你真好，一直以来，我的梦中常常会出现你的身影，危机之中会来救我。"

自从经历这夜之后，戚飞侠才知道这位姑娘原来就是桃花镇人，名字叫夏春桃，家住桃花观。还有，她的高祖母后来看破红尘、出家做了道姑，法号妙秋。

夏春桃羞涩地看着戚飞侠说："其实，我早就知道你在夜里常来桃花观的紫桃树下练功夫，我不好意思打扰到你，因此就没有出来打招呼。"

"桃花观的传说中还真有一个人名叫戚飞侠，跟你同名同姓。"夏春桃告诉戚飞侠，"此中的戚飞侠，与我的高祖母还真是有传奇故事发生过的。"

夏春桃的讲述让戚飞侠好长一段时间陷入了深思。

面对夏春桃灿若桃花般绽放的笑容，戚飞侠仿佛觉得对面的夏春桃身上透露出几丝她口中的妙秋的韵味和气质。然而，夏春桃与她的高祖母妙秋差异还是挺大的，夏春桃温柔可人，手无缚鸡之力，而妙秋却是道姑中的女侠，尤其是武当剑法练得炉火纯青，据说她一剑出鞘，整座桃花镇的所有桃花便会随之颤动起舞。

在夏春桃的口述中，戚飞侠的脑海中清晰闪现出明嘉靖三十四年桃花镇的传奇故事，其中的关键词便是抗倭、戚飞侠和妙秋、桃花镇桃花观、情爱与武侠、小家与国家。

明嘉靖三十四年三月初，桃花镇的百万棵桃树竞相绽放，桃之夭夭，商旅往来，男女青年在桃树丛中谈情说爱，雀鸟在桃花林中翩翩飞翔，一派生机勃勃、春和景明的气象。

却不知，在风和日丽的掩饰之下，有一股黑恶势力在暗流涌动，发出淫邪之声。

"倭寇杀过来了！倭寇杀过来了！"仅在一天一夜间，关于倭寇袭杀过来的消息便传到了桃花镇，整座城镇弥漫着一股紧张的气氛。十堰州卫所的几名千户，平日里身披官服、腰挂明刀，器宇轩昂，招摇过市，此时竟然有人因为惊慌而主张逃亡，有人主张投降，却没有人主张力战抵抗。

据说此番倭寇来袭非同小可，多地守军闭门不出或望风而逃。遭殃的自然是平民百姓。

明嘉靖三十四年三月初，这一伙 32 人规模的小股倭寇，乘坐两只快船在长江中游、洞庭湖潮涨之际偷袭而来，暗夜里从十堰州溯门港登陆，沿途随意烧杀抢掠，一直杀到十堰州城下。守军闭门不出，导致这股倭寇恼羞成怒，在十堰城外持续烧杀抢掠两天，烧毁了十多座村庄，抢走了一批金银首饰和精美瓷器，以及十多名姿色美丽的女子，以至于周边地区有几分姿色的女子纷纷躲到深山老林或地窖里。倭寇登陆十堰州的第六天，转而攻击桃花镇。

戚飞侠觉得奇怪，为什么这小股倭寇这么难以追捕和剿灭呢？

不可否认的是，这伙倭寇的战斗力的确挺强。

《明实录》《明史》同时记载了一个细节，当时明军放箭射杀这股倭寇时，他们竟有"空手接箭"的本领，明军的"火力覆盖"压根儿伤不到对手分毫。

其实，导致明军战斗力锐减的根源，还在于明朝推行的卫所兵制。卫所是以屯田为基础的一种世袭兵制，士兵们春秋耕种，秋冬农闲时节参加军事训练，战事出现就上阵作战。

对此感到无比得意的朱元璋，曾说："吾养兵百万，不费百姓一粒米。"但到了明朝中后期，卫所士兵已经基本沦为只懂得耕种的佃户。军事训练荒疏，人数也远远少于编制，基本已经难以承担防御和作战的军事需要。

湖广处于明朝腹地，承平日久，平时驻防的大多就是这些农民面貌的卫所兵。于是打起仗来就悲剧了，几十名倭寇冲击数百、上千人的明军大部队的荒谬场景，在这段时间里多次上演，就变得一点儿也不奇怪。

除了卫所明军与倭寇的战斗力差距悬殊外，明朝落后的交通通信技术也是导致这股 32 人倭寇小分队猖獗一时的重要因素。

这是股几十人的倭寇，不是数量上千、目标明显的大部队，在通信技术极不发达的古代，想要在一省之内找到这样一个目标，实在是太难了。

如此一来，明军就会产生两个方面的困扰：一是倭寇的游击战术，就连他们自己都没有事先具体的作战路线，就更别提让明军去针对性地围追堵截了；二是敌情不明，估计当时驻防在十堰州的明军，压根儿就判断不出这股倭寇的人数，尽管大致能猜出这不是大股倭寇进犯，但按照以往动辄几百倭寇撵着几千明军跑的情况，大部分驻防的明军也就选择以防御为主了。

这也能解释为什么十堰州守军闭门不出，谁晓得这不是小股倭寇引诱明军打开城门呢？

最后一点也非常关键，在当时南方的地界上，可不只是这一股 32 人的倭寇在活动。同一时期还活跃着不少于 20 支倭寇队伍，其中还包括两支规模在 4000 人以上的大部队。

可想而知，当时的南方在多股倭寇反复的侵扰下，其实已经处于一片混乱之中了。而这支人员精炼、行动迅速的小部队，就是在这种情况下在十堰州各地横冲直撞，如入无人之境。

那么，桃花镇该如何直面这股倭寇的侵袭？

一个叫作戚飞侠的锦衣卫小旗官和一个大美人妙秋走上了此际的历史舞台。

从夏春桃的口述中戚飞侠得知，原来这名叫戚飞侠的小旗官此番桃花镇之行是肩负某位皇妃交代的任务的，那就是在三月份的桃花镇桃花观中的那棵名声在外的紫桃树上剪裁下若干紫桃树枝，然后带回皇宫嫁接，因为这位皇妃特别喜欢桃花，尤其是特别稀罕的桃花品种。她特别喜欢在高高盘起来的发髻上插上一朵桃花。

为此，锦衣卫小旗官戚飞侠胯下枣红马"哒哒哒"的马蹄声就抑扬顿挫、平平仄仄地敲响了桃花镇街巷上的青石板路，引得街巷上的人们驻足观望。

此际，夏春桃的高祖母妙秋已为人妇，是个风姿绰约、远近闻名的富家千金和大美人，还没有出家成为道姑。妙秋的本名为潘紫衣，因为她特别喜爱穿着紫色的衣裳，走起路来摇曳多姿、款款深情，飘扬的紫色衣带宛如飘飞的蝴蝶，往往会招来真蝴蝶与之嬉戏。她家的四合院里常年种植着紫藤萝、紫丁香和紫罗兰，以及绽放紫色花朵的鸡冠花，就连指甲也染成了紫色，足见她对紫色的喜爱。

在桃花镇的主街桃花街的第二个路口，戚飞侠与潘紫衣在特定的时空里四目相对，就像前世的约定，两个人都被对方身上散发的独特魅力吸引住了。当时的空气，就好像是冻住了一般。

"我叫戚飞侠，戚继光的戚，飞舞的飞，侠客的侠。"

"哦，你叫潘紫衣，真好听的名字。"

潘紫衣刹那间就在戚飞侠的目光注视下羞红了脸。

故事情节发展得很快。潘紫衣很乐意给戚飞侠当向导，说现在手头不忙，要带戚飞侠到桃花观；戚飞侠微微一笑，只是一伸猿猴般矫健的臂膀，一把就把潘紫衣抱上了马背，而且是坐在了他的前面，腰肢苗条的潘紫衣一下子掉进了戚飞侠那宽阔的怀里。潘紫衣想挣扎，又不想挣扎，内心慌张的同时也很欢欣，有一种说不出的感觉。只叹潘紫衣已为人妇，在大庭广众之下被锦衣卫戚飞侠抱上了马背，还是坐进了戚飞侠的怀里，这一消息就像一阵春风迅速传遍了整座桃花镇，以及周边的剑舞镇、枫林镇、快鹿镇的街头巷尾。

潘紫衣的夫君武秀才何云鹤听闻潘紫衣和戚飞侠的传闻后，恼羞成怒，抽出家传的八卦刀就要约锦衣卫小旗官戚飞侠一决生死。

何云鹤与戚飞侠打过照面后，都惊叹于彼此的玉树临风。于是，就约定在三月十五日的桃花观紫桃树下一决高低。如果戚飞侠输了，就立马滚出桃花镇。如果何云鹤输了，就立马与潘紫衣解除婚约。

外传·如梦如幻之四

子夜时分的桃花观万籁俱寂，唯有那棵神奇的紫桃树在朦胧的月光下似睡非睡。何云鹤的八卦刀一接触到戚飞侠的绣春刀，整个桃花镇便在梦里被惊醒了。

对于绣春刀，听故事的戚飞侠充满了好奇，尤其是子夜时分在桃花观紫桃树下遐想联翩的时候。戚飞侠知道，绣春刀是锦衣卫、御林军的佩刀，绣春刀的样式和常见的腰刀相仿，刀身较一般腰刀短小，且有弧度。飞鱼服、绣春刀是皇帝赏赐的，可不是锦衣卫里上下全员有份的。

高手之间的对决胜似闲庭信步，只见八卦刀与绣春刀就像两只上下左右翻飞的蝴蝶，刀光寒寒，舞出的光影宛如下起了一场千年难遇的鹅毛大雪。

不仅是桃花观所有的雕花木窗都打开了，连桃花观周边方圆五里的所有高楼的窗户都打开了，有人倚在窗边看热闹。

据说，何云鹤与戚飞侠的交锋整整持续了三个子夜，仍不分高下。这三个子夜，整个桃花镇比任何时候都要专注和热闹，殊不知，暗流无声，一场倭寇的袭击正悄然拉开序幕。据说，绣春刀与八卦刀的交锋在第四个子夜即将开启的时候，就戛然而止了。

"倭寇冲进桃花镇东城了！"这句惊慌失措中的喊叫在桃花观炸响。"潘紫衣被倭寇掳走了！"这句带有针对性的大吼，一下子就定格住了绣春刀与八卦刀的喋血对决。

这一伙32人规模的小股倭寇，战力非同小可。虽然桃花镇不乏勇武之人和上百人规模的民军，但是依然抵不住这股倭寇的冲锋，倭寇们或手持长刀、短刀，或手持长柄、短柄火药枪，异常凶残，见人就杀，见屋就烧，经过一番短暂的短兵相接，大半个桃花镇沦陷了。

倭寇头目青木三郎趾高气扬地说道："弟兄们辛苦啦，想干嘛就干嘛，放肆地玩乐逍遥吧。"于是，倭寇们发出了海啸般的嚯嚯声响，大半个桃花镇便在倭寇地蹂躏下发出痛苦恐惧地呻吟，尤其是有几分姿色的少女们，在这群魔鬼的羞辱下生不如死。据说，潘紫衣被青木三郎一通宵糟蹋了七次，整个人几乎被弄散了架子，奄奄一息中唯有企盼绣春刀或是八卦刀能来救她一命。

面对倭寇袭击的险恶局面，锦衣卫旗官戚飞侠和武秀才何云鹤暂时放下前嫌，他俩与桃花观里懂得武当剑术的七名道姑组成了临时指挥系统，其中戚飞侠带领三名道姑负责桃花观东南方的防御，何云鹤带领四名道姑负责西北方向的防御，同时在避难桃花观的6000人百姓中选出了400人的精干力量，分别防御桃花观东、南、西、北四个方向的院墙和大门，武器除了仅有的三四十把菜刀、镰刀、76条木棒，还有2只打猎用的鸟铳、11张牛皮弓弩。

戚飞侠皱了皱眉头，心中不由得为如此简陋的装备而深深感到担忧，因为刀光剑影、殊死搏斗可不是小孩子过家家开开玩笑的，而是随时随刻会付出生命的代价。

戚飞侠说道："马上抽调400人精干力量中的100人，分成两组，一组负责去砍伐紫桃树的枝桠；另一组负责制作桃木棍和桃枝箭。"特别是要充分利用好桃花观中的那架大型弓弩机，关键时刻发挥一剑封喉的作用，由戚飞侠亲自拉弓发射。

众人的目光聚焦在了戚飞侠背挎着的那支三连铳和何云鹤腰间插着的那支短柄火药枪上。同时，桃花观中七位懂得武当剑法的道姑正在紧急演练七星剑阵，对于惊慌失措的百姓来说无疑是给足了定心丸。

如果能依托桃花镇满城的百万棵桃树为阵地堡垒，那么区区几股倭寇是休想在桃花镇撒野的，何云鹤想了想。突然，桃花观东门外一阵喧嚣，只见暗夜中隐隐约约十余人趁着夜色接近了桃花观院墙。戚飞侠见状是倭寇来袭，他猛地一挥手，30名精干民军集中到了东门，许多人由于根本没有经历过战阵，有的人心跳加速而面红耳赤，有的人连握住棍棒、菜刀的手都微微颤抖。只是一眨眼，三名倭寇就借助人墙跃上了院墙，手持火铳朝墙角落的民军射击，转眼间就击倒了十余名民军，其中一人还跳进了桃花观，只是一闪，一把锋利的倭刀就割倒了三名民军，其他的民军见状纷纷作鸟兽散。

戚飞侠心中焦急万分，作为现场总指挥，他的阵地有两处：一是紫桃树下；二是桃花观主楼三楼的小阁楼。由于情势万分险急，加上先前对倭寇战斗力的评估不足，戚飞侠只能豁出去了。只见他一边阻止民军不要慌张乱跑，一边手持三连铳"砰砰砰"三连发，就击倒了首轮进入桃花观的三名倭寇先锋，其中一名倭寇倒在了东门下，正当戚飞侠往前跃进的时候，这名倭寇竟然拼尽全力打开了东门，在东门外守候待命的十来名倭寇蜂拥而进，个个一手挥舞着雪亮阴森的倭刀，一手持着短柄火药枪射击。

戚飞侠立马吹响了紧急哨笛，要求何云鹤派援兵支援东门。同时，戚飞侠与三名道姑带领东南方面的民军围住了这一伙倭寇先锋。正当双方短兵相接，激烈交战时分，东门外又涌进了多达50名的倭寇，戚飞侠大吃一惊，根据战前的侦察，这一股倭寇总共30

多人，然而现在刚一交锋，就出现了60多名倭寇，难道是倭寇援军暗地里抵达了桃花镇。

而这还不是桃花观最担心的，毕竟绣春刀、八卦刀、武当剑，从来不是摆设，关键时刻的高手、英雄往往能起到独当一面的作用。在戚飞侠和道姑们的奋力死战下，桃花观渐渐稳住了阵脚，除了自身民军死伤惨重，参战的260名民军消耗过半外，第一轮攻击的倭寇也是横尸23具，剩余的都逃出了东门。

天刚蒙蒙亮，下起了绵绵细雨，转而又是漆黑一片。不等戚飞侠这方喘一口气，桃花观北门战事又起，只见30余名倭寇清一色黑衣打扮，押着六个一丝不挂的少妇充当挡箭牌，朝着北门缓缓攻击。

何云鹤借着依稀的青油灯光，一眼就瞥见了楚楚可怜的潘紫衣一丝不挂地在风中颤抖，满脸的憔悴，步履沧桑踉跄，何云鹤怒火中烧，完全忘却了先前他和戚飞侠、潘紫衣三人之间的不快之事，也忘却了自己作为桃花观西北方的战情指挥者身份，只见黑夜中发出一声宛如平地上起惊雷般的炸响。

声响人到，何云鹤一个轻功，就飘到了桃花观北门外的青石板路面上，他手持八卦刀一个突击冲进倭寇群中，转眼间就砍倒了二名倭寇，一把抱起潘紫衣就转身跃进了桃花观，惊得倭寇们顿时呆在了原地。

何云鹤脱下自己的武秀才战袍，抱起潘紫衣交给了道姑阿雅。

"云鹤，对不起你。但是，我之前真的没有做过任何对不住你的事儿。"潘紫衣绝处逢生，在何云鹤的怀抱里盯着他的坚毅目光说道。

何云鹤没有说话，何况战情紧急，根本不是卿卿我我的时候。他又准备跃出院墙单枪匹马救回剩余的四名一丝不挂的少妇，那几名少妇可都是他的房族里的姐妹。武秀才一身豪侠，眼里根本容不下倭寇的肮脏勾当与下三滥的做法。

倭寇的实力不容小觑，正当何云鹤再一次跃出院墙之际，几声三连火铳急响，何云鹤躲闪不过，左臂中枪跌落在了北门外。七八名倭寇面目狰狞地围了上来，嘴里咿呀咿呀地叫着。

何云鹤毫不畏惧，忍住左臂的枪伤钻骨疼痛，一跃而起，借助内功心法，如入无人之境，右手挥舞着八卦刀，与围上来的倭寇厮杀。戚飞侠在三楼上看见了何云鹤处于险境，于是就架起了大型弓弩机，用仅有的9支巨箭射杀了11名倭寇，其中的一支利箭一箭双雕地射杀了两名倭寇。

随后，戚飞侠指挥西北门方向的道姑与民军骨干出奇兵，打开距离北门23米的左右两扇暗门，从两边包抄袭杀北门外的倭寇。

戚飞侠布置的暗门出奇兵，左右两边包抄袭杀战术确实奏效，不仅在短时间内让北门外的倭寇惊慌退却，而且还救回了四名女子，尤其还救回了左臂血流如注、差点支撑不住的何云鹤。但是，只可惜民军过于缺少战场经验，让这股倭寇退却而没有趁势掩杀过去以取得更大的斩杀效果。面对残忍凶暴、经验丰富的倭寇，戚飞侠命令民军趁机见好就收，立马退回桃花观，并关闭好暗门，守好暗门。

倭寇见最初的两轮攻击都宣告失败，很是恼火。

青木三郎偷偷动用了仅有的敢死队精锐——四名翼装倭寇，目标是桃花观三楼的巨型弓弩阵地。只见四名翼装倭寇，借助飞翼一转眼就攻击到了桃花观三楼。正当一名倭寇要引爆身上的黑火药炸弹之万分危急之时，桃花观中的道姑琴韵奋不顾身一个飞扑抱紧那名穷凶极恶的倭寇，一起甩出了三楼东头的花窗，只听见半空中一声巨响，那名倭寇自杀式引爆了炸药，道姑琴韵浑身是血而重伤倒地。那边，剩余的三名翼装倭寇在桃花观三楼围攻戚飞侠，挥舞着一长一短两把锋利的倭刀，风火轮般袭击戚飞侠，可叹他们哪里是锦衣卫高手戚飞侠的对手，很快就在绣春刀的锋芒中一一倒下，宛如秋天里被弯月样美丽的镰刀割倒的麦子。整个弓弩阵地弥漫着一片血腥味。

　　天终于明亮了，倭寇的个头、面目一清二楚。青木三郎一声令下，倭寇把那尊铜炮对准了桃花观东门，"咚咚咚"连轰了三炮，炸开了东门；随之，又把铜炮对准北门连轰了五炮，炸开了北门。

　　只见将近100名倭寇叫嚣着扑向了东门和北门，并且互为犄角，形成了很强的攻击力。青木三郎叫道："弟兄们，一鼓作气拿下桃花观，咱们通宵达旦玩儿个够，美女、美酒、金银财宝各个少不了份！"

　　戚飞侠只好动用了预备战斗队的另外300名青壮年力量，虽然他们手中仅有桃木棍和菜刀，但是在戚飞侠和道姑们的带领下，渐渐变得勇敢起来，豁出去和倭寇拼死一战。

　　"父老乡亲们能不能活着，桃花观能不能保住，桃花镇的香火能不能延续下去，关键就看我们的了！"戚飞侠鼓舞民军士气，说罢便像一支离弦之箭带头冲向了倭寇。

　　在桃花观主楼三楼的一个密室里，何云鹤由于失血过多，昏倒过去，靠在潘紫衣的怀里。

　　楼下，民军在戚飞侠等人的指挥下，与倭寇厮杀，战损比接近五比一，足见倭寇的战力之强大。

　　七名道姑见状，使出了七星阵法，以紫桃树为依托，七把武当剑宛如群星璀璨，缠斗住30多名倭寇精英动弹不得，而后一一被武当剑一剑封喉，大大减轻了民军们的压力。然而，在血战中道姑们也重伤六人、轻伤一人。

青木三郎一声咆哮，命令铜炮对准七星阵轰击，说时迟那时快，只见十多名民军组成的人墙挡住了视线，铜炮仅剩的两发炮弹炸飞了七八名民军。

戚飞侠使出轻功术中的凌波破浪，一飞、一闪、一跃手起刀落，斩落了青木三郎的狗头。

倭寇见大头目被斩杀，纷纷遁逃。

最终，戚飞侠带领民军在付出惨重伤亡的代价后，取得了桃花观保卫战的胜利，还俘获了 21 名倭寇。一经审问，竟然发现真正的倭寇早就逃的逃、死的死，被俘获的 21 名倭寇都是假冒的"二鬼子"倭寇，说白了就是被倭寇洗脑了的、甘愿充当海盗的中国人罢了。

这些"二鬼子"倭寇实在比倭寇还可恶，同时，戚飞侠也感到后怕，如果此次袭杀桃花镇的倭寇都是真倭寇，那他与道姑们、民军能不能赢得胜利还真是难说。

"倭寇报复心极强，这股倭寇逃走了，另外的倭寇还会瞅准时机袭杀桃花观、桃花镇。"戚飞侠说道。这时候，戚飞侠才发现自己的飞鱼服左后胸位置被刺穿了一个大窟窿，幸亏有软甲护身而安然无恙。

此次保卫战后，戚飞侠在桃花观待了一个半月。戚飞侠赶时间日夜操练出了一支战力远远超越地方明军的民军。受伤的何云鹤、道姑、民军在养伤修整，消耗了桃花观中珍藏十多年的桃花酱、桃花酒、桃仁、桃肉脯。

锦衣卫戚飞侠发现了一个秘密，那就是桃花观中的紫桃树在战火洗礼中越发耸入云天，紫桃叶捣烂成汁，还是治疗倭刀外伤的良药。

故事的结尾，听得越发入迷的戚飞侠差不多猜到，绣春刀与八卦刀最终没有决出胜负。潘紫衣出家为道姑，每年的三月十五日才会到桃花观一趟，但为的是紫桃花盛开，还是情伤疗治，便不得而知了。

武秀才何云鹤专事沿海治倭五年后，在一次战事中单挑六名倭寇中的高手，最后七人全部倒下，证明了八卦刀的厉害。

那么，绣春刀呢？锦衣卫戚飞侠成功把若干支桃花观中的紫桃树枝条带回了皇宫，当后妃们争相要戚飞侠再去桃花镇折紫桃树枝条的时候，戚飞侠却没了踪迹。有人说他专事惩治真假倭寇去了，也有人说他到武当山拜访法号妙秋的潘紫衣去了。

在桃花镇某个春天的三月里，正是桃花镇百万棵桃树争相绽放的时节，戚飞侠依依不舍地离开了桃花镇、桃花观，为远赴西洋的100多艘装载满精美瓷器的大海船护航去了。在海上航行的每一天，戚飞侠都会在船首甲板上迎着海风练几趟形意拳和轻功术，想起桃花观中的那棵紫桃树。

后记

我原创的长篇小说《永盛窑抗倭记》被列入 2022 年度温州市文化艺术基金资助项目，该部小说的题材包括历史、军事、爱情，主题思想是通过永盛窑抗倭这一故事场景，生动展示温州人"义利并举，敢为人先"的精神气节。主人公戚飞侠为永嘉县桥下人，铁血丹心、古道热肠、文武双全、玉树临风，为浙江对外贸易、文化交流作出了杰出贡献。整部小说中蕴含着楠溪江、瓯窑、宋韵文化、舴艋舟、瓯江、江心屿、温州港等标识元素，能提升温州永嘉的文化影响力和区域知名度。

小说创作是我的业余爱好，就像有的人喜欢散步，有的人喜欢新闻，有的人喜欢政治，有的人喜欢喝酒，有的人喜欢旅游，有的人喜欢泡吧，有的人喜欢吹牛，有的人喜欢睡觉，不一而足，无可厚非。

很多人读过我的小说，评价有高有低，我都很感谢，因为现代人生活节奏很快，能抽出一点儿时间阅读我的作品，都是对我小说创作的莫大鼓励和真诚支持。

我曾经在一次名为"文学的良心"主题讲座上说过，我在小说创作过程中遇到的最大困难是缺乏创作的机动时间。由于日常公务繁琐，白天工作，晚上、双休日经常加班，因此连节假日、双休日都很难抽出点儿时间来投入创作，尤其是需要静下心来去创作，满怀浮躁的心态是根本不可能成为一名优秀小说家的。我特别渴望能有富足的时间，能在夜深人静时感受着月华似水、满天星光、微风轻送，能气定神闲地坐在手提电脑前快乐创作。我从来不担心我的创作思路和小说故事情节的延伸，也不担心我敲打键盘的速度，而是担心比金子还珍贵的时间又偷偷溜走了。

  纵观小说界，我发现几乎每个小说家的创作习惯都是不一样的，正是因为我能静下心来创作的自由时间少之又少，因此某一部中篇小说，我往往是构思几个月，甚至一年多，苦于一直没有合适的时间去开笔创作，只能等待良机的出现。所谓的良机就是我有空闲的时间投入创作，状态好的时候，一部五六万字的中篇小说，我基本上能在一个星期内完成。当然了，有时候也会遇见瓶颈，这时候对于小说家是最困难的抉择，到底是鼓足信心继续写下去，还是按下暂停键，等思路的触角舒展开来再写。其中的滋味，只有创作者才能体味到，每当从"山重水复疑无路"转折到"柳暗花明又一村"时，那种喜悦与成就感是能让人陶醉其中的，足够快乐好长时间。审视自己的小说创作历程，让我倍感惭愧的是，我小说创作的库存中积压着十几部已经构思好了的中长篇小说，却没有时间去创作。

  这几年，我陆续公开发表了《绽放》《遇见》《血色浪漫》《桃花镇传奇录》《风和日丽》等多部中长篇小说，我的每部小说都有着深沉的家国情怀、武侠情节和显著的温州元素、楠溪江元素，我喜欢在小说的故事情节中穿插现代与古典互相交融、甚至时空转换的章节。"主流、好看、辨识度高"是我对于小说品位的执着追求。

  为什么你爱上小说创作？这是大家对我提问最多的问题。

  我认为，小说中有家国情怀（唯祖国与信仰不可辜负）、小说中有精神气质，小说中有爱恨情仇，小说中有萍踪侠影，小说中有健康人生，小说中有闲庭信步，小说中有梦中人，小说中有价值体现，小说中有时空转换，小说中有人生百味。

其中，小说中有健康人生，我有特别深刻的体验。打个比方，创作一部长篇小说，比马拉松长跑更能考验一个人的功力、阅历、心力与脑力、体力。能成功创作中长篇小说，必须要坚持养成良好的生活习惯，远离灯红酒绿，做到劳逸结合，拥有健康强壮的体魄，有足够支撑起漫长创作旅程的能量，就像歌星在举办一场大型演唱会之前的各项准备，也像职业拳王比赛前大半年时间的高强度体能训练和陪练，只不过，小说家是单枪匹马在创作，而歌星、拳王背后则有一个经纪人、训练和包装团队。而这，自然而然就会促进小说家自觉积极地锻炼身体，强壮体魄。在创作的过程中，我坚持修炼形意拳功夫，在创作稍觉疲劳的时候能马上起身舒展下筋骨，来几招简单实用的技击法，因此至今都没有任何颈椎、腰椎等办公族易得的老毛病。

小说中有萍踪侠影，就不得不说一下我出身武术世家的情缘，我的祖父是新中国成立前入党的中共党员，他19岁那年使出南少林擒拿术挣脱了深夜到村里抓壮丁的六个国民党士兵的围堵，并成功跑到了凤凰山上躲藏起来，而后曾担任过基层公社主任、书记，在地方德高望重，不吸烟，少饮酒，业余爱好就是南拳，是楠溪江流域知名度很高的南拳师傅。我在五岁时就跟着他练习南拳的马步桩功，到大学时已掌握16套南拳、南棍、南刀套路和若干招南少林擒拿术。到了而立之年，我又向形意拳高手取经，学练了几招形意拳、通背拳。因此，我的小说中，总会很自然地融入中国功夫和侠客情怀。

小说中有家国情怀，我创作过两部谍战小说。对于谍战线上角色的精神内核有过探究，也深入研究过麦家、海飞、小岸的谍战题材作品，感觉一部成功的谍战小说不只是创作者要真正进入角色、进入故事场景，或荡气回肠，或扼腕长叹，或铿锵有力，或婉约柔情，或双面转换，其中正派角色的精神世界刻画尤为重要，也就是"唯祖国与信仰不可辜负"，绝不能做汉奸、卖国贼。

我的笔名叫培风，取自《逍遥游》"故九万里，则风斯在下矣，而后乃今培风"。我相信，有风吹过的地方，就有我创作小说的源泉。

是为后记。

叶培峰

2023 年 3 月 26 日写于楠溪江畔

图书在版编目（CIP）数据

永盛窑抗倭记／叶培峰著. -- 北京：当代世界出版社，2023.12
ISBN 978-7-5090-1783-8

Ⅰ. ①永… Ⅱ. ①叶… Ⅲ. ①历史小说-中国-当代 Ⅳ. ①I247.5

中国国家版本馆CIP数据核字（2023）第224693号

书　　名	永盛窑抗倭记
出品人	吕　辉
策划编辑	刘娟娟
责任编辑	魏银萍　杨啸杰
装帧设计	王昕晔
版式设计	韩　雪
出版发行	当代世界出版社
地　　址	北京市地安门东大街70-9号
邮　　编	100009
邮　　箱	ddsjchubanshe@163.com
编务电话	(010) 83907528
发行电话	(010) 83908410（传真）
	13601274970
	18611107149
	13521909533
经　　销	新华书店
印　　刷	英格拉姆印刷（固安）有限公司
开　　本	880毫米×1230毫米　1/32
印　　张	4.5
字　　数	109千字
版　　次	2023年12月第1版
印　　次	2023年12月第1次
书　　号	ISBN 978-7-5090-1783-8
定　　价	59.00元

如发现印装质量问题，请与承印厂联系调换。

版权所有，翻印必究；未经许可，不得转载！